Gabriele Krön

Clarabella. Die Katze auf der Orgelbank

Kleine Episoden

Gabriele Krön

Clarabella

Die Katze auf der Orgelbank

Kleine Episoden

benno

Bildnachweis
Katzen: © absolutimages/Fotolia
Orgelfotos: S. 8: © Kevin Puget/Fotolia; S. 10: © Daniel Fuhr/Fotolia; S. 20/21: © ISO-68/Fotolia; S. 25, 41: © Gabriele Krön; S: 29: © lagom/Fotolia; S. 34: © st-fotograf/Fotolia; S. 45: © David Brown/Fotolia; S. 52/53: © Barrique/Fotolia; S. 61: © Larisa Kursina/Fotolia; S. 73: © pyty/Fotolia; S. 76: © Miklyxa/Fotolia
Pfotenabdruck: Seite 78: © hannaoooooo/Fotolia

Bibliografische Information der Deutschen Nationalbibliothek
Die Deutsche Nationalbibliothek verzeichnet diese Publikation in der Deutschen Nationalbibliografie; detaillierte bibliografische Daten sind im Internet über http://dnb.d-nb.de abrufbar.

Besuchen Sie uns im Internet unter:
www.st-benno.de

Gern informieren wir Sie unverbindlich und aktuell auch in unserem Newsletter zum Verlagsprogramm, zu Neuerscheinungen und Aktionen. Einfach anmelden unter: www.st-benno.de.

ISBN 978-3-7462-4792-2

Umschlaggestaltung: BIRQ DESIGN, Leipzig
Umschlagfoto: © Miklyxa/Fotolia (Orgel),
© absolutimages/Fotolia (Katze)
Gesamtherstellung: Kontext, Lemsel (A)

Für Margret,

die immer ein Buch mit mir zusammen

schreiben wollte

Inhalt

Das erste Kapitel,
das von einer schicksalhaften Begegnung erzählt

Hallo! Schön, dass dieses Buch, in dem ich dir meine Geschichte erzählen werde, zu dir gefunden hat. Zunächst möchte ich mich vorstellen: Mein Name ist Clarabella, und du wirst im Laufe der Geschichte erfahren, wie ich zu diesem wohlklingenden Namen gekommen bin. Aber lass mich dir zuerst zeigen, wo ich die meiste Zeit meines Lebens verbringe und wie es dazu kam.

Ich war noch eine recht junge und neugierige Katze, als ich mich eines Tages in dieses Gebäude verirrte. Und da sah ich sie. Sie, die mein künftiges Leben bestimmen sollte! Das heißt, zuerst sah ich nur eine Wand. Aber keine normale Wand, oh nein! Bestimmt hast du auch schon festgestellt, dass es solche und solche Wände gibt. Wände aus Beton sind zum Beispiel tot, aber Wände aus Holz leben. Sie riechen und sie können Geschichten erzählen. Diese Wand hier war zwar aus Holz, und doch sah sie aus, als wäre sie aus edelstem Marmor errichtet. Während ich an ihr schnupperte und sowohl den Geruch von Holzwürmern als auch den von Mäusen wahrnehmen konnte, die sich irgendwo dahinter verborgen hielten, wanderte mein Blick an der Wand entlang nach oben. Und da erkannte ich, dass dies hier nicht einfach eine gewöhnliche Wand war. Nein, diese Wand verbarg etwas Geheimnisvolles, das zu ergründen mich aufs Äußerste reizte. Oberhalb der Wand sah ich zahlreiche glänzende Röhren, die schön der Größe nach geordnet nebeneinanderstanden. Das gefiel mir, denn ich liebe es, wenn Dinge schön geordnet sind. Während ich so sinnierte, was es mit diesem Ehrfurcht einflößenden Gebilde wohl auf sich haben könnte, musste ich kurz eingenickt sein.

Wir Katzen neigen an sich nicht dazu, tief zu schlafen, weil immer ein Teil von uns wach sein muss, um zu lauern, ob eine Gefahr droht oder eine Maus sich nähert. So war mein Verhalten an diesem Tag recht katzenuntypisch, denn ich musste nach der anstrengenden Denkarbeit wohl doch tief und fest eingeschlafen sein. Ich träumte einen wunderschönen Traum, der von der ewigen Glückseligkeit handelte, an dessen Einzelheiten ich mich aber nicht mehr erinnern konnte. Und irgendwann merkte ich, dass mein Traum wohl Wirklichkeit geworden war. Von oberhalb der Bretterwand kamen Klänge, die mein Herz berührten wie nie etwas zuvor. Ich stand auf und reckte meinen Hals, um ganz nach oben sehen zu können. Nun war mir klargeworden, dass es sich bei diesem Gebilde um ein Musikinstrument handelte, denn von meinem verborgenen Platz aus konnte ich gut beobachten, dass ein Mann an einem Gerät saß, das dem Klavier, das ich im Hause meiner Mutter oft hören durfte, recht ähnlich war. Und doch war es viel mehr als ein Klavier, denn es gab drei Tastenreihen übereinander und dann noch eine große Tastenreihe, die so weit unten lag, dass der Mann sie mit den Füßen treten musste. Nein, genau genommen trat er nicht, es sah vielmehr aus, als würde er auf dieser Tastenreihe tanzen. Und heraus kam dabei eine Musik, die derart majestätisch klang, dass sie mich sprachlos machte.

Ich muss wohl ziemlich lange in dieser Haltung verblieben sein, und dabei merkte ich nicht einmal, wie die Musik zu Ende ging und der Mann verschwand. Ich schaute immer noch nach oben, und dabei war mir der Unterkiefer nach unten gefallen, so dass ich nicht besonders klug aussah. ‚So, Mieze, jetzt ist es aber Zeit, etwas zu unternehmen, bevor du hier in dieser für Katzen recht peinlichen Haltung einfrierst!', sagte ich zu mir selber. Und doch schaute ich weiter ganz gebannt nach oben. Plötzlich hatte ich das Bedürfnis, mich vor der Ehrwürdigen zu verneigen und sie anzusprechen. Und weil mein Gehirn gerade nicht fähig war, etwas Kluges zu ersinnen, stotterte ich nur: „Ma-ma-majestät!" und verbeugte mich nochmal.
‚Du großer Kater!', dachte ich, als ich mich so sprechen hörte. Wenn das jemandem aus meiner Familie zu Ohren käme, wie ich mich hier benahm, dann wäre mein guter Ruf auf immer ruiniert gewesen. Du wirst es nicht glauben, was ich dir jetzt erzähle, aber es ist die reine Wahrheit. Die Ehrwürdige sprach zu mir: „Du hast es also gleich erkannt!" Nun ist es ja auch für uns Katzen nicht alltäglich, von einem Musikinstrument angesprochen zu werden. Also, wenn ich genau überlege, so hat das Klavier im Hause meiner Mutter noch nie zu mir gesprochen. Das könnte natürlich daran liegen, dass ich selber es noch nie angesprochen habe. Aber gut, jetzt war nicht die Zeit für derlei Gedanken, denn die Ehrwürdige wartete sicher schon darauf, dass ich den Gesprächsfaden wieder aufnahm. Das wäre auch zu dumm, wenn man ein Gespräch begonnen hat und sich dann anschweigt! Also riss ich mich zusammen und fragte: „Was habe ich erkannt?" „Dass ich die Königin der Instrumente bin natürlich!", antwortete sie. „Warum sonst hättest du mich als Majestät ansprechen sollen?" „Weil du so Ehrfurcht einflößend aussiehst", lautete meine ehrliche Antwort.

Das zweite Kapitel,
das von einer Rettungsaktion, einer weiteren wichtigen Begegnung und einer Namensgebung handelt

Nun weißt du also Bescheid über mein peinliches Benehmen, und ich kann dir getrost auch noch alles Weitere berichten. Die Königin der Instrumente klärte mich freundlicherweise über ihren Alltagsnamen auf, denn es versteht sich ja von selbst, dass nicht jeder, der über sie spricht, ständig mit Wörtern wie Königin und Majestät um sich werfen möchte. Der bürgerliche Name ihrer Majestät lautet ganz einfach Orgel. Klar, hab ich schon oft gehört, dass es so etwas gibt. Aber eben noch nie gesehen. Die Wohnzimmer der meisten Menschen sind dann doch etwas zu klein dafür.

Kaum hatte ich die Bekanntschaft mit der Orgel gemacht und wollte mich gerade wieder verdünnisieren, da bat sie mich doch tatsächlich schon um einen Freundschaftsdienst. „He du, ich weiß ja deinen Namen noch gar nicht." „Den kann ich dir auch nicht verraten, weil ich bis jetzt noch keinen bekommen habe. Darfst mich also einfach Katze oder Mieze nennen, wie du magst." „Also gut, kleines Kätzchen, ich bin zwar eine Orgel, die nicht herumkommt in der Gegend, weil sie immer hier in der Kirche steht, aber dumm bin ich nicht. Ich weiß, dass Katzen gut darin sind, Mäuse zu fangen. Könntest du vielleicht mal in meinem Gehäuse nachschauen, da muss sich so ein Getier eingenistet haben, das mir gar nicht behagt." „In deinem ... hmm ... Gehäuse ...", überlegte ich. Sollte ich nun wissen, was das ist oder einfach dem Geruch nachgehen? Ich entschied mich für zweiteres und schnupperte an der Wand, an der ich vorhin schon feinen Mäusegeruch wahrgenommen hatte. „Und wie, bitte schön, komme ich in dein Gehäuse rein?" fuhr ich die Orgel an, weil ich mich mit dieser Aufgabe etwas überfordert

fühlte. Wie sollte ich denn Mäuse fangen, die hinter einer Wand lebten? „Nur nicht ungeduldig werden, meine Kleine! Mein Diener ist zuweilen etwas nachlässig, was das Schließen der Türen angeht. Das könnte heute unser Glück sein."
Sie schickte mich auf eine Seite, wo tatsächlich eine Tür nur angelehnt war. Du großer Kater, war das hier staubig! Man mochte gar nicht glauben, dass man sich im Inneren einer Königin befindet. ‚Das sieht nach einem richtigen Abenteuer aus!', dachte ich mir, als ich mich durch den Türspalt quetschte und das Innenleben der Orgel betrachtete. Ich hatte keine Vorstellung, was mich im Gehäuse erwarten würde, doch das, was ich hier zu sehen bekam, war wohl das Außergewöhnlichste, was mir je in meinem Leben begegnet war: Über mir ragte ein gigantisches symmetrisches Gebilde auf, das auf den ersten Blick wie eine Spaghettifabrik aussah. Hunderte von Spaghetti hingen ordentlich aufgereiht an einer Wand, und mir war bei dem Anblick sofort das Wasser im Maul zusammengelaufen, weil ich unweigerlich an die leckere Sahnesoße denken musste, die meine Menschen dazu reichten. Doch leider rochen diese Spaghetti nur nach Holz und wären eher als Biberfutter geeignet. Hmm, vielleicht waren es auch einfach Mikadostäbchen, die in diesem Gehäuse sortiert wurden. Von Mäusegeruch war hier jedenfalls keine Spur, und ich wollte fast schon wieder enttäuscht weggehen. Doch dann entdeckte ich etwas, das schon interessanter für mich war: eine Leiter. Nun wirst du dich fragen, ob Katzen überhaupt auf Leitern klettern können, und diese Frage ist wirklich berechtigt. Die wenigsten Katzen können es, obwohl wir ausgezeichnete Kletterer sind.
Was für ein Glück, dass ich zu den Katzen gehöre, die sich auf eine Leiter wagen. Denn dort oben im ersten Stockwerk des Gehäuses begann es erst so richtig interessant zu werden, weil hier eine Röhre aus Metall neben der anderen stand. So wie ich es außen gesehen hatte, ging es hier reihenweise weiter. Die Röhren, die ich von außen sehen konnte, waren nur ein Bruchteil

dessen, was es hier drinnen im Obergeschoss des Gehäuses zu entdecken gab. Dazu gab es noch etliche Reihen aus Holzröhren, und alle waren schön der Größe nach aufgestellt. Und während ich so durch die ordentlichen Reihen von Röhren aus Metall und Holz schritt, fing ich plötzlich an zu reimen:

„In der Königin Gehäuse,
ach du Schreck, da nisten Mäuse."

Weiter kam ich allerdings nicht, weil ich aus einer Ecke schon aufgeregtes Piepsen vernahm. Und dann sah ich eine einsame Mäusedame vor mir, viel zu starr vor Schreck, um wegzurennen.

„Hey, Mäuschen, du hast aber großes Glück, dass ich gerade Lust auf Sahnesoße habe statt auf dich. Aber trotzdem kannst du hier nicht bleiben, denn du störst die Königin."

„Du w-w-w-willst mich gar nicht f-f-f-fressen?", piepste die Maus.

„Wenn ich dir sage, dass ich gerade keinen Appetit auf dich habe, dann darfst du mir das schon glauben", versuchte ich, sie zu beruhigen.

„Aber du kö-könntest mich vi-vi-vielleicht nur so zum Spa-paß töten. Ihr Ka-ka-katzen macht sowas doch ga-ganz gern!", entgegnete sie.

„Ob du's glaubst oder nicht: Selbst Raubtiere wie ich haben so eine Art Ehrenkodex, und der verbietet mir, eine werdende Mutter zu töten." Darauf seufzte die Maus erleichtert und fing gleich an zu klagen: „Meine Kleinen können jede Minute das Licht der Welt erblicken, aber wo soll ich denn hin, wenn ich hier nicht bleiben kann?"

Dieses Gespräch begann eine Wendung zu nehmen, die mich in meinen Kreisen unmöglich machen würde, wenn je ein Wort davon anderen Katzen zu Ohren käme. Und doch empfand mein Herz Mitleid mit der Mäusedame. War ich wohl weich geworden wegen der himmlischen Klänge, die ich vor kurzem noch aus dem Inneren der Königin vernommen hatte? Ich wollte lieber nicht darüber nachdenken, doch ich schloss einen unglaublichen

Pakt mit der Maus: „Hör mal, ich weiß einen Platz, wo es für dich und deine Kinder sicher ist und du Futter im Überfluss finden kannst. Ich kann dich dort hinbringen, weil der Weg für dich in deinem Zustand zu beschwerlich sein dürfte. Aber ein Wort zu jemand anderem, und du bist tot! Hast du mich verstanden?“
Was nun geschah, war wohl das Abartigste, was ich je in meinem Leben getan hatte: ich nahm die Maus ganz behutsam in mein Maul, kletterte mit ihr die Leiter hinunter, verließ die Kirche und brachte sie in die Scheune des Bauern, die vollgepackt war mit Getreide. Kaum waren wir dort angelangt, spürte die Maus auch schon, dass das erste Mäusekind ihren Leib verlassen wollte. „Also, ich geh dann mal, mach's gut und pass auf dich auf“, verabschiedete ich mich fast rührselig.
In Windeseile rannte ich zurück zur Kirche, um den Dank der Königin entgegenzunehmen. Immerhin hatte ich soeben eine wahrhafte Heldentat vollbracht, indem ich einer Maus samt ihren Kindern das Leben gerettet habe, die ich doch viel leichter hätte verspeisen können. Doch die Königin war nicht mehr allein. Denn der Mann, den sie als ihren Diener bezeichnete, war zurückgekehrt und hatte das Gehäuse betreten. Als ich dazustieß, flüsterte er mir zu: „Du hast meine Orgel gerettet, Mieze. Einige Pfeifen im Clarabella-Register waren schon von Mäusekot verschmutzt, und wer weiß, was die Maus noch alles angestellt hätte, wenn du nicht so beherzt eingeschritten wärst. Vielen Dank für deine wunderbare Hilfe!“ Sprach's und fing an, meinen Nacken zu kraulen. Mir wurde ganz anders, denn das ist es, was wir Katzen am meisten lieben: von Menschen gestreichelt und gekrault zu werden. Da können wir nicht anders, als laut zu schnurren und uns ganz diesem Genuss hinzugeben. Aber das war noch nicht alles, was ich mit dem Diener der Königin erlebte. Er sprach zu mir: „Ich habe mich nach dir erkundigt, weil ich dich vorhin schon entdeckt habe. Und die Menschen, bei denen du bisher gelebt hast, suchen ein neues Zuhause für dich. Könntest du dir

vorstellen, bei mir zu leben, tagsüber mit in die Kirche zu kommen und nachts in meinem Haus zu schlafen?“ Wenn er auch vermutlich mein Miau nicht wirklich verstanden hat, so konnte er doch den zustimmenden Ton erkennen. Klar, ein musikalischer Mensch wie er hört natürlich feinste Nuancen in den Stimmen aller Lebewesen! Und er setzte dem Beginn unserer Beziehung noch die Krone auf, indem er sprach: „Du hattest bisher noch keinen Namen, habe ich erfahren. Was hältst du davon, wenn ich dich Clarabella nenne nach dem Orgelregister, das du gerettet hast?“ Das klang wirklich gut, wenn mir auch nicht klar war, was ein Orgelregister überhaupt ist. Aber er würde es mir im Laufe unseres Zusammenlebens schon noch erklären. Also schnurrte ich mal schön weiter in Vorfreude auf mein künftiges Leben als Organistenkatze.

Das dritte Kapitel,
in dem Clarabella die Bekanntschaft mit Lena macht

Die nächsten Wochen sollten für mich täglich etwas Neues bereithalten. So durfte ich eines Tages mit meinem neuen Menschen zu einer ungewöhnlichen Zeit in die Kirche gehen. Ich war es inzwischen längst gewöhnt, morgens mit ihm hierherzukommen, wenn er manchmal die Frühmesse mit seiner Musik umrahmte. Danach übte er oft noch eine oder zwei Stunden, ehe er nach Hause ging und für uns beide das Frühstück zubereitete. Den Rest des Vormittags war er meist mit irgendwelchen Notenblättern beschäftigt, einer Tätigkeit, die ich sehr langweilig fand, denn allein das Schreiben auf Notenblättern oder das Durchsehen dieser ließ doch keine Musik erklingen. Mein Mensch schien da allerdings ganz anderer Ansicht zu sein, denn er schaute manchmal ganz verzückt, geradeso, als ob er dabei Musik hören würde.

Eines Vormittags klingelte es an der Tür, und draußen stand eine Frau mit einem kleinen Mädchen. „Guten Morgen, Herr Bachmeier, entschuldigen Sie bitte die Störung. Aber meine Lena liegt mir ständig in den Ohren, dass sie so gerne Orgel spielen lernen möchte. Nun würde ich gerne wissen, ob sie dafür nicht noch viel zu jung ist." Ich hatte den Eindruck, als würde sie Bernd, meinem Menschen, dabei verschwörerisch zuzwinkern. Am liebsten wäre es ihr wohl gewesen, wenn er bestätigt hätte, dass Lena dafür noch zu jung ist und sie in ein paar Jahren wiederkommen soll. Doch er schaute Lena an und fragte: „Hallo, Lena, wie alt bist du denn?" „Zehn Jahre alt bin ich und habe schon seit vier Jahren Klavierunterricht. Ich weiß nämlich, dass man erst Klavier spielen können sollte, ehe man mit dem Orgelunterricht beginnen kann." „Dann hegst du wohl schon seit längerem den Wunsch, die Bekanntschaft mit der Orgel zu machen, wenn du so gut informiert bist", lächelte Bernd sie glücklich an. Du musst wissen, dass Bernd immer glücklich ist, wenn er spürt, dass sich jemand für seine Königin interessiert. „Darf ich Ihnen etwas auf dem Klavier vorspielen, damit Sie wissen, ob ich schon gut genug bin?", fragte das Mädchen.

Bernd führte Mutter und Tochter in sein Arbeitszimmer zum Flügel und wollte Lena gerade fragen, ob sie denn ein Notenbuch dabei hätte, da legte die Kleine schon auswendig los. Sie spielte sehr schön und fehlerfrei. Die Musik gefiel mir gut, denn sie hatte eine Ordnung in sich, die beim Anhören gleich Ordnung im Gemüt des Zuhörers schuf. Die Mutter schien nicht so glücklich zu sein über die Leidenschaft ihrer Tochter, denn kaum dass der Schlussakkord verklungen war, setzte sie schon an zu jammern: „So geht das den ganzen lieben Tag, Herr Bachmeier. Statt dass sie ihre Ferien genießt und mit ihren Freundinnen etwas unternimmt, sitzt sie am Klavier und spielt Bach!"

„Freuen Sie sich doch, dass Lena so ein schönes Hobby hat, mit dem sie nicht nur sich selber, sondern auch andere Menschen glücklich machen kann!" Und Lena schlug er vor: „Was hältst du davon, wenn du mir dasselbe Stück noch einmal auf der Orgel vorspielst?"

Man konnte Lena ansehen, dass sie ganz aufgeregt war, als wir in die Kirche gingen. Ihre Mutter blickte dafür umso griesgrämiger drein und meinte, Bernd noch darüber aufklären zu müssen, dass das Verhalten ihrer Tochter ja wohl nicht normal sei. „Andere Mädchen treffen sich zum Shopping in der Stadt, und meine Lena sitzt am Klavier!", klagte sie. Da hatte sie bei meinem Menschen aber den falschen Gesprächspartner erwischt, denn er sah Lena als durchaus normal an und meinte: „Es ist doch ein großes Geschenk, dass Lena nicht wie die anderen Kinder Geld ausgibt für Dinge, die sie gar nicht braucht, sondern ihre Zeit mit etwas so Wunderschönem und Sinnvollem verbringt." „Aber sie wird doch ganz einsam dabei!", kam sofort das nächste Argument.

„Glauben Sie mir, Frau Müller, wer die Musik zur Freundin hat, kann niemals einsam sein!“

Endlich waren wir in der Kirche angekommen, so dass Frau Müller ihren Redestrom einstellte. Auch die Menschen werden nämlich ganz still und ehrfürchtig, sobald sie diesen Raum betreten. Das habe ich sehr bald feststellen können, und ich empfinde es als äußerst angenehm. Bernd öffnete den Spieltisch, das ist der Teil der Orgel, an dem diese vielen Tasten zu finden sind, die er bedient. Ich habe nämlich in der Zwischenzeit schon eine Menge über die Orgel gelernt. „Lena, du kannst heute ausnahmsweise mit deinen Straßenschuhen hier Platz nehmen, weil du ja noch nicht mit Pedal spielst. Aber das erste, was du dir anschaffen musst, sind Schuhe, die fürs Orgelspiel geeignet sind.“ Zugegeben, bei diesem Teil des Gesprächs drifteten meine Gedanken etwas ab, denn wir Katzen haben unsere Pfoten, die für jeden Untergrund geeignet sind. Wenn ich auf einen Baum klettere, dann fahre ich meine Krallen aus, damit ich Halt habe. Und auf einem weichen Untergrund ziehe ich die Krallen ein und spüre unter meinen Samtpfoten das angenehme Gras, Moos oder den Sand. Jedenfalls nutzte ich die Zeit des für mich uninteressanten Gesprächs, um im Gehäuse der Königin nach dem Rechten zu sehen, wie ich das in regelmäßigen Abständen tat, damit sich ja nicht wieder eine Maus oder ein anderes unerwünschtes Getier einnisten konnte. Das war eine sehr wichtige Aufgabe, die mir sowohl den Dank der Königin als auch den meines Menschen einbrachte.

Als ich gerade im Gehäuse herumspazierte, hörte ich, wie der Orgelmotor eingeschaltet wurde. Das klingt nämlich gerade so, als würde ein Wind aufkommen, wenn man draußen in der windstillen Natur herumstreunt. Natürlich konnte ich dank meines feinen Gehörs deutlich vernehmen, wie Bernd Lena erklärte, dass die Orgelpfeifen nur erklingen können, wenn sie mit Wind versorgt werden. Er nimmt es nämlich sehr genau mit den Fachbegriffen und würde es niemals zulassen, dass jemand diesen Wind einfach als Luft bezeichnet. Luft steht nämlich bloß und Wind ist in Bewegung. Glaube ich jedenfalls. Aber muss ich als Katze alles wissen?

Bei meiner Rückkehr nach draußen saß Lena mit immer noch strahlendem Gesicht auf der Orgelbank, und Bernd erklärte ihr gerade, welche Register sie am besten verwenden sollte. „Ein Achtfuß muss unbedingt dabei sein, nimm am besten den Principal." Gut, dieses Gebiet war für mich auch noch ziemlich fremd, aber immerhin wusste ich inzwischen, was ein Register war. Als Organistenkatze kriegt man doch so allerhand mit. Ich weiß jetzt sogar schon, was es mit den Bezeichnungen Achtfuß, Vierfuß

und sonst was für Füße auf sich hat. Doch Bernd musste Lena gar nicht mehr so viel erklären, denn sie begann von sich aus: „Ich habe schon nachgelesen, dass Achtfuß die Originallage ist und Sechzehnfuß eine Oktave tiefer und Vierfuß eine Oktave höher klingt."

„Das ist sehr schön, dass du schon so viel über die Orgel weißt. Wenn du magst, kannst du die Wiederholung auf dem zweiten Manual spielen, dann werden wir dort ein leiseres Register wählen. Hier hätte ich nämlich etwas ganz Besonderes anzubieten: Clarabella Achtfuß." Bei der Nennung meines Namens konnte ich nicht anders, ich musste zu meinem Menschen gehen und meinen Kopf an seinem Bein reiben. Der lachte gleich und erklärte Lena: „Clarabella ist übrigens auch der Name meiner Katze, musst du wissen."

„Oh, das ist natürlich ein guter Grund zu hören, wie dieses Register klingt!", meinte Lena und gewann dadurch noch mehr meine Sympathie.

Und nun war es endlich soweit und Lena durfte ihr Stück auf der Orgel spielen. Ich beobachtete sie ganz genau und konnte feststellen, dass sie sehr konzentriert bei der Sache war. Bei der Wiederholung wechselte sie das Manual, wie Bernd es ihr vorgeschlagen hatte. Ach so, du weißt vielleicht gar nicht, was ein Manual ist, und das will ich dir gerne erklären. Manuale sind die Tastenreihen, die man mit den Händen spielt, also die, welche einem Klavier ähnlich sind. Das kommt aus dem Lateinischen, manus heißt nämlich Hand. Und weil ich gerade dabei bin, dir meine Lateinkenntnisse vorzuführen, erkläre ich dir auch gleich die Bezeichnung dieser unteren Tastenreihe, die Pedal genannt wird. Pes heißt im Lateinischen nämlich Fuß, also heißt die Tastenreihe, die mit den Füßen gespielt wird, Pedal. Ist doch ganz leicht zu verstehen, oder? Nun bin ich aber am Ende mit meinem Katzenlatein, und ich möchte dir erzählen, wie schön das Stück klang, das Lena spielte. Besonders die Wiederholung gefiel mir ausnehmend gut, denn das Register, nach dem ich benannt worden bin, klingt so schön weich ... wie ein Katzenfell! Ich fing an zu schnurren und hätte es hier noch stundenlang aushalten können. Aber Lenas Mutter war es, die die schöne Idylle zerstörte, indem sie sprach: „So, Lena, jetzt haben wir Herrn Bachmeiers Zeit aber lange genug in Anspruch genommen und sollten uns verabschieden."

Das vierte Kapitel,
in dem Clarabella über die Wirkung der Königin auf die Menschen nachdenkt

Sicher bist du neugierig, ob Lena nun Orgelschülerin geworden ist, aber da muss ich dich noch etwas auf die Folter spannen. Ich selber war natürlich auch wahnsinnig gespannt darauf, musste aber ebenso lang auf den Fortgang der Geschichte warten. Doch mir wurde die Wartezeit nicht lang, denn es gab ja immer so viel zu beobachten. So war mir sehr schnell klargeworden, dass die Menschen viel lieber singen, wenn sie von der Orgel begleitet werden. Wenn ein Organist gut spielt – und dass Bernd einer der besten Organisten ist, darfst du mir gern glauben –, dann singen die Menschen so, dass sich ihre Stimmen in den Himmel erheben. Und mit den Stimmen sind es auch ihre Herzen, die sich erheben. Irgendein sehr kluger Mensch hat vor langer, langer Zeit einmal gesagt „Wer singt, der betet doppelt!" Wie wahr das ist, konnte ich vor ein paar Wochen selber erleben, als Bernd mit einer schlimmen Erkältung das Bett hüten musste und niemand für ihn einspringen konnte. Ich war neugierig, wie denn der Gottesdienst ohne Orgel ablaufen würde, und habe mich deshalb allein in die Kirche geschlichen. Der Gesang der Menschen war wirklich zum Fellsträuben! Es klang in etwa so, als würde man den Orgelmotor abschalten, während mit den Fingern noch die Tasten niedergedrückt werden. Es ist schon erstaunlich, dass viele Menschen den Gesang von uns Katzen abscheulich finden, aber selber nicht fähig sind, ohne Orgelbegleitung in der Tonhöhe zu bleiben, in der sie das Lied begonnen haben!
Bei Gemeindefesten schleiche ich mich gern umher, um verschiedene Leute zu belauschen. Wenn ich dann Lobeshymnen auf den wunderbaren Herrn Bachmeier höre, gehe ich mit hoch erhobenem Schwanz zu ihm, setze mich auf seinen Schoß und

schnurre vor Wonne. Einmal im Jahr gibt es ein Fest für alle, die mitarbeiten, damit das Leben in der Kirchengemeinde funktioniert. Und da wird dann schon auch mal erwähnt, dass die Gemeinde sich glücklich schätzen kann, Bernd zu haben, denn es scheinen viele Kirchenbesucher nur wegen des fantastischen Orgelspiels hierher in unsere Kirche zu kommen. Das darfst du mir schon glauben, dass ich in solchen Augenblicken sehr, sehr stolz auf meinen Menschen bin! Und ohne falsche Bescheidenheit möchte ich hier erwähnen, dass er auch durch meine Unterstützung so ein großer Organist ist, denn erst durch eine Katze wird der Mensch vollkommen.

Du wirst dich schon gefragt haben, ob die Orgel noch einmal zu mir gesprochen hat. Nun, um mit ihr reden zu können, muss ich mit ihr allein sein. Kein Mensch darf dabei anwesend sein, denn Instrumente sprechen nicht zu Menschen. Und da ich lange Zeit nur in menschlicher Begleitung in der Kirche gewesen bin, musste ich leider auf eine Unterhaltung mit der Königin verzichten. Mein Mensch braucht sich allerdings gar nicht mit ihr zu unterhalten, denn er versteht sie auch so sehr gut. Ich würde sagen, die beiden kennen sich so gut, dass sie einander blind vertrauen können. Das ist wie bei einer sehr guten Freundschaft. Man spürt genau, was der andere gerade braucht oder will, kann ihm jeden Wunsch von den Augen ablesen. Kennst du dieses Gefühl?

Zuweilen kommt es auch vor, dass andere Organisten zu Gast in unserer Kirche sind und auf der Orgel spielen. Und da die Orgel ja nicht Bernds Eigentum ist, sondern der Kirche gehört, kann er nichts dagegen einwenden. Aber der Schrecken ist groß, wenn er mitbekommt, wie schlecht unsere Königin manchmal behandelt wird. Da gibt es Organisten, die im Winter mit ihren vom Schneematsch nassen Straßenschuhen spielen! Manch einer hat schon Müllberge auf dem Spieltisch hinterlassen: benutzte Taschentücher, Papier von Bonbons oder Kaugummi. Dann gibt es welche, die sich beschweren, dass die Orgel verstimmt wäre. Dabei ver-

stehen sie nur nicht, welche Register zusammenpassen und welche nicht. Sagt Bernd jedenfalls. Ich selber habe die Kunst des Registrierens immer noch nicht begriffen, aber als Katze muss ich das auch nicht. Bernd versteht aber ganz genau, welche Register miteinander harmonieren, und ihm blutet oft das Herz,

wenn er zuhören muss, wie schlecht manch anderer Organist die Orgel versteht.
Damit Bernd einen Überblick hat, wer wann auf seiner Königin gespielt hat, gibt es ein Büchlein, in das sich jeder eintragen muss, der hier war. So können wir gleich sehen: Aha, der Herr Meier hat seine Bonbonpapiere achtlos auf den Boden geworfen, die Frau Reisberger war anscheinend vorher im Wald und hat dann in ihren dreckigen Wanderstiefeln unsere arme Königin traktiert. Das gibt dann schon mal böse Worte von Bernd, obwohl er ja ansonsten ein sehr friedfertiger Mensch ist. Aber wenn jemand seine Königin schlecht behandelt, dann kann er sogar wütend werden. Er ist eben ein wirklich treuer Diener ihrer Majestät. Und das ist beileibe nicht jeder, der auf ihr spielt! Ich bin in der glücklichen Lage, die verschiedenen Organisten hören und manchmal auch heimlich beobachten zu können. Und bei nicht wenigen habe ich den Eindruck, sie seien der Meinung, die Königin habe ihnen zu dienen und nicht umgekehrt. Sie benutzen das Instrument nur, um den Menschen zu zeigen, wie gut sie darauf spielen können! Völlig anders ist das eben bei meinem Menschen: er hat sich ganz dem Dienst an seiner Königin verschrieben, weiß genau, wie er sie am schönsten zum Klingen bringt, und weiß auch, welche Art der Pflege sie benötigt, um noch viele Jahre die Menschen erfreuen zu können. Und obgleich es uns Katzen an sich gar nicht liegt, Diener zu sein, muss ich gestehen, dass ich mich von Bernds Begeisterung habe anstecken lassen und mich deshalb ebenfalls als eine ganz kleine Dienerin der Königin betrachte. Und ich bin stolz darauf. Aber bitte verrate das niemals einem meiner Artgenossen!
Manchmal sind auch andere Chöre zu Gast in unserer Kirche, und bei einer solchen Gelegenheit habe ich einmal etwas Unglaubliches beobachtet. Bernd wurde gebeten, den Chor zu begleiten, was er gerne übernahm. Als dann der Gottesdienst zu Ende war, spielte er ein sehr virtuoses Stück zum Auszug, bei

dem er praktisch ständig mit beiden Händen und Füßen zu tun hatte. Der Chorleiter wollte aber nicht warten, bis Bernd mit dem Spiel fertig war, ging zum Spieltisch, drückte ihm die Hand (die ja eigentlich gar nicht frei war!) und bedankte sich bei ihm für die gute Begleitung. Bernd ließ sich zum Glück nicht aus der Ruhe bringen und spielte mit der linken Hand und den Füßen weiter, als ob nichts gewesen wäre! Einem so klugen Wesen wie mir stellt sich allerdings die Frage, was dieser Chorleiter in seinem Kopf hat! Er ist doch selber Musiker und müsste daher wissen, dass man höchste Konzentration braucht, um ein solches Stück spielen zu können. Und natürlich beide Hände. Das wäre gerade so, als wenn eine Katze, die hochkonzentriert vor einem Mauseloch auf Beute wartet und dazu alle ihre Sinne braucht, nebenbei noch von einem Menschen gestreichelt und sich darüber freuen würde!

Damit solche Dinge nicht mehr vorkommen, hat Bernd eines Tages ein Absperrband vor den Spieltisch gebunden. Genauso eines, wie es die Polizei immer braucht, um den Tatort vor neugierigen Gaffern zu schützen, die sonst überall herumtrampeln und wertvolle Spuren zerstören würden. (Jetzt weißt du also noch ein weiteres Geheimnis von mir: ich schaue gerne abends mit meinem Menschen Fernsehkrimis!) Doch das Band war in kürzester Zeit auf geheimnisvolle Weise verschwunden.

Noch ein Schlusswort in diesem Kapitel musst du mir gestatten: Weißt du eigentlich, wer der größte Feind einer Katze ist? Nun, da du es vermutlich sowieso nicht erraten wirst, will ich es dir sagen. Es ist der schlechte Organist! Er beleidigt nicht nur unsere empfindlichen Ohren, sondern er raubt uns auch noch unsere Existenzgrundlage. Bei seinem Spiel nehmen sämtliche Mäuse ganz schnell Reißaus, so bleibt uns weder Futter noch das Lob unseres Menschen, dass wir die Königin mal wieder von Mäusen befreit haben! Also, Katzen: Hütet euch vor schlechten Organisten!

Das fünfte Kapitel,
in dem Bernd Bachmeier eine List ersinnt

Jetzt ist es allerhöchste Zeit, dass ich wieder von Lena erzähle. Wir haben sie ein paar Wochen, nachdem sie mit ihrer Mutter bei uns war, auf einem Gemeindefest wiedergetroffen. Auf Bernds Nachfrage, wie es denn nun aussehe mit dem Orgelunterricht, senkte sie den Kopf und war den Tränen nahe. „Erlaubt es denn deine Mutter nicht?“, fragte er, und Lena nickte und wollte ganz schnell verschwinden. Doch wer meinen Menschen kennt, der ahnt schon, dass er nicht locker ließ, und so wollte er von Lena wissen: „Kannst du mir sagen, wofür deine Mutter sich so richtig interessiert?“ „Für schnelle Autos, Motorenlärm und alles, was mit Technik zu tun hat!“, kam ganz spontan die Antwort. Daraufhin strahlte Bernd übers ganze Gesicht, grinste Lena an und meinte: „Keine Sorge, Lena, mir wird bestimmt etwas einfallen!“ Und wenn mein Mensch sagt, ihm fällt etwas ein, dann kann man sich darauf verlassen. So fanden ein paar Tage später etliche Leute in ihren Briefkästen folgende Einladung vor:

Haben Sie Interesse, ein wahres Wunderwerk der Technik
zu bestaunen und kennenzulernen?
Ein gewaltiges Instrument, das Sie bisher kaum beachtet haben,
verbirgt in seinem Inneren einen großen Schatz
an technischer Raffinesse.
Am kommenden Samstag nach dem Abendgottesdienst nimmt
Bernd Bachmeier sich Zeit, allen Technikbegeisterten
das Innenleben der Orgel zu zeigen und zu erklären.
Telefonische Voranmeldung erbeten,
da die Teilnehmerzahl begrenzt ist.

Es dauerte gar nicht lange, da kam schon der erhoffte Anruf von Frau Müller: „Herr Bachmeier, Sie haben mich eiskalt erwischt!", lachte sie sogar, was uns ziemlich überraschte. „Ich muss gestehen, ich interessiere mich sehr für Technik und würde gern mit meiner ganzen Familie am Samstagabend an dieser Orgelführung teilnehmen."

Huch, war das spannend, als am Samstagabend eine kleine Gruppe von Menschen nach dem Gottesdienst an der Kirchentür versammelt war! Bernd hatte es schlau genug angestellt und nur wenige Einladungen verteilt, so waren wir eine Gruppe von sieben Personen, mich nicht mit eingerechnet, weil ich ja kaum Platz brauche. Damit ich nicht von den vielen Menschenfüßen getreten werde, schlug Bernd Lena vor, dass sie mich auf dem Arm tragen soll, was uns beiden sehr gut gefiel.

Statt gleich auf die Orgelempore zu steigen, führte Bernd die Gruppe zunächst bis zum Altar nach vorne. „Als erstes sollten

wir den Prospekt der Orgel betrachten, das ist das Gesamtbild, sozusagen die optische Visitenkarte. Ich habe es mir angewöhnt, mich in jeder Kirche erst einmal nach hinten zu wenden, um den Prospekt der Orgel bewundern zu können. Erst danach sind mir die anderen Kunstschätze wichtig, die es in der Kirche zu sehen gibt." Da rief ein Junge, der etwas älter war als Lena, ganz vorlaut: „Genauso macht es Lena auch seit einiger Zeit. Sie ist ganz vernarrt in Orgeln!" Lenas Mutter wies ihn zurecht: „Severin, du sollst nicht einfach dazwischenrufen, wenn du nicht gefragt wirst!" Nun hatten wir also Lenas großen Bruder Severin kennengelernt. Ich hatte den Eindruck, dass er für Lenas Begeisterung genauso wenig Verständnis hatte wie ihre Mutter. Aber wer weiß, was mein Mensch noch so alles aus dem Ärmel zaubert, damit die ganze Familie Müller bald hinter Lena stehen wird.
„Ist sie nicht herrlich anzusehen, unsere Orgel? Wolfgang Amadeus Mozart hatte sie einst als die Königin der Instrumente bezeichnet. Und er hatte damit völlig recht", schwärmte Bernd. „Sie ist einzigartig, denn jede Orgel ist anders, es gibt keine zwei gleichen." Nach diesen Worten konnte sich Severin nicht zurückhalten: „Mama, das ist keine Fließbandarbeit wie in einer Autofabrik. Wenn du dir einen Porsche kaufst, kann es passieren, dass deine Freundin sich ganz genau denselben kauft!" Frau Müller rief nur entsetzt: „Severin!!" Der Vater sagte gar nichts zu Severins Respektlosigkeit. Ich war erstaunt, was Menscheneltern sich so alles gefallen ließen. Meine Mutter hätte mir da längst eins mit der Pfote übergebraten. Aber immer müssen wir Katzen die Menschen ja auch nicht verstehen.
Zum Glück interessierten sich die übrigen Besucher mehr für die Orgel als für die Müllerschen Erziehungsmethoden. So konnte Bernd gleich fortfahren: „Was wir hier sehen, sind nur die Prospektpfeifen, im Inneren der Orgel werden wir noch viel mehr Pfeifen zu sehen bekommen. Diese Orgel verfügt genau über einunddreißig Prospektpfeifen, bei größeren Orgeln können es natürlich

viel mehr und auch wesentlich größere sein. Unsere Orgel hier hat lauter Achtfußpfeifen, während größere Orgeln Sechzehnfußpfeifen und ganz große Orgeln sogar Zweiunddreißigfußpfeifen im Prospekt haben. Und was es mit der Bezeichnung Fuß auf sich hat, kann uns Lena vielleicht sogar schon erklären." Nun war das Mädchen nicht mehr zu bremsen. Ich hatte sogar den Verdacht, dass sie seit unserem ersten Treffen ganz viel über Orgeln gelesen hat, weil sie Dinge von sich gab, die ihr mein Mensch damals gar nicht erzählt hatte. „Fuß ist ein altes Längenmaß, das 30 Zentimeter misst. Und Achtfuß bedeutet, dass die größte Pfeife in diesem Register acht Fuß, also 2,40 Meter lang ist. Derselbe Ton als Sechzehnfuß-Pfeife misst dann ..." „4,80 Meter!", platzte Severin dazwischen, weil er beweisen wollte, dass er auch gut rechnen kann. Puh, der Wettstreit der Geschwister wurde langsam ein bisschen anstrengend! Aber vielleicht sollte ich nachsichtig sein, weil es noch gar nicht so lange her war, dass ich mich mit meinen fünf Geschwistern ständig gestritten habe und wir dabei meiner Mutter gehörig auf die Nerven gegangen sind. Geschwister sind wohl bei Katzen und Menschen ziemlich ähnlich.

Während ich mich noch über Severin aufregte, mischte sich aber noch ein anderer Teilnehmer in dieses Streitgespräch ein. Und der ging mir so richtig auf die Nerven, weil er ein unerträglicher Besserwisser war. Ohne sich zu melden, rief er aus: „Man sollte aber unbedingt bedenken, dass die Bezeichnung Fuß nicht einheitlich war. So gab es im Großherzogtum Hessen einen Fuß von 25 Zentimetern, im Herzogtum Nassau gar von 50 Zentimetern, nur im Großherzogtum Baden sowie in der Schweiz galt ein Fuß von genau 30 Zentimetern." Herr Müller verdrehte bei diesem Vortrag die Augen, und auch Bernd war etwas aus dem Konzept gebracht worden. Er fand aber seine Fassung bald wieder und antwortete diesem Herrn Allwissend: „Vielen Dank, Herr Direktor Koppelhuber, für diese erhellende Aufklärung. Möchten Sie

denn gerne weiter über historische Längenmaße referieren oder können wir uns wieder der Orgel zuwenden?"
Die Gemüter hatten sich bald wieder beruhigt, so konnte Bernd uns auf die Orgelempore geleiten, wo er uns zunächst den Spieltisch zeigte. Da du ja im dritten Kapitel schon eine Menge über den Spieltisch erfahren hast, muss ich dir das sicher nicht noch einmal erzählen. Nur eine Sache solltest du wissen: Unsere Orgel verfügt über 32 Register, so handelt es sich um eine mittelgroße. Größere Orgeln können sogar über hundert Register haben. Eine der größten Kirchenorgeln der Welt steht übrigens im Passauer Dom, und sie verfügt über 233 Register und 17974 Pfeifen.

Das sechste Kapitel,
in dem Clarabellas Kopf raucht

Endlich ging es durch die geheimnisvolle Tür, durch die ich mich schon beim ersten Kennenlernen der Königin geschlichen hatte. Bernd erklärte, dass er sie in letzter Zeit immer offenstehen ließ, weil sie nicht so dicht schloss und dadurch immer klappernde Geräusche entstünden, die dann die Musik stören würden. „Außerdem hat meine Katze so immer Zugang, damit sie für ein mäusefreies Gehäuse sorgen kann. Das hat sie nämlich bei unserer ersten Bekanntschaft getan, und seitdem sind wir unzertrennliche Freunde." Severin meinte grinsend, dass man doch ins Gehäuse eine Katzenklappe einbauen könnte, doch da war Herr Direktor Koppelhuber gleich wieder mit einem unschlagbaren Argument bei der Hand: „Wo denkst du hin, Junge! Das ist ein historisches Gehäuse aus dem 18. Jahrhundert, und der Einbau so eines profanen Gegenstandes wie einer Katzenklappe wäre ein Frevel ungeahnten Ausmaßes!" Au weia, das hat doch wohl jeder kapiert, dass Severin die Bemerkung nur zum Spaß gemacht hat. Aber Spaß ist für unseren Herrn Direktor wohl ein Fremdwort, vermutlich geht er zum Lachen in den Keller.

Jetzt ist aber endlich die Königin wieder im Mittelpunkt, und mir schwirrt immer noch der Kopf, wenn ich mich an all diese Fachausdrücke zu erinnern versuche, die Bernd verwendet hat. Wörter wie *Abstrakten, Windladen* und *Windkanäle* geistern in meinem Kopf herum, und ich weiß nicht, ob ich dir das alles noch so genau erklären kann. Was als erstes beim Betreten des Gehäuses ins Auge sticht, weißt du vielleicht noch aus dem zweiten Kapitel. Wenn nicht, dann denke einfach mal an ganz leckeres Essen! Richtig, du hast meinen Eindruck einer Spaghettifabrik doch noch nicht vergessen! Bernd erklärte den Besuchern, dass diese Holzleisten die Abstrakten wären, die eine Verbindung von den Tasten zu den Pfeifen schufen.

„Und wo sind jetzt die Pfeifen?“, fragte Severin ungeduldig. Mein Mensch erklärte, dass das Innere der Königin aus zwei Stockwerken bestünde und die Pfeifen im oberen Stockwerk zu finden wären. „Dazu kommen wir später, denn zunächst wollen wir uns hier unten umsehen; die Orgel braucht ja schließlich viel mehr als Tasten und Pfeifen, um zu erklingen. Sperr einmal deine Ohren auf, Severin. Was kannst du hören?“ Bernd sprach vor allem die beiden Kinder an, was denen und auch mir sehr gut gefiel. „Da ist ein Rauschen, das hört sich an wie am Meer!“, stellte Severin erstaunt fest. Daraufhin schnellte Lenas Finger in die Höhe, denn sie wollte unbedingt ihr Wissen allen mitteilen: „Die Orgel braucht natürlich Wind, der in die Pfeifen geblasen wird. Das ist so ähnlich wie bei meiner Blockflöte, die kann auch nur Töne von sich geben, wenn ich reinblase.“
„Sehr gut, Lena!“, lobte Bernd. „Dann weißt du auch sicher, was passiert, wenn man zu stark oder zu schwach in die Blockflöte bläst.“ „Oh ja, ich kann mich noch gut an meine Anfängerzeit mit fünf Jahren erinnern. Ich habe am Anfang so fest reingeblasen,

dass der Ton ganz fürchterlich quietschte. Nachdem meine Lehrerin mir gesagt hatte, ich sollte nicht so fest reinblasen, da habe ich dann so wenig geblasen, dass der Ton verhungerte. Ich habe lange gebraucht, ein Gefühl dafür zu bekommen, wie ich blasen muss, dass der Ton schön klingt!", gestand Lena.

„Was ist das denn?", wollte Severin nun wissen. „Das sieht fast aus wie eine Luftmatratze. Und da hört man auch wieder ein Rauschen." „Das ist der Magazinbalg, der speichert den Wind. Der Vergleich mit der Luftmatratze ist übrigens gar nicht schlecht. Stell dir mal vor, du öffnest den Stöpsel nur ganz leicht, so dass ein gleichmäßiger Luftstrom entweichen kann. Und der geht durch die Windkanäle zu den Windladen, die das Herzstück der Orgel sind. Die Windladen, das sind diese Holzkästen, die ihr hier oben seht. Sie müssen ganz dicht sein, damit kein Wind entweichen kann." An dieser Stelle musste Lena kichern. Bernd entging das nicht, und er fragte sie, an was sie wohl gerade denken musste. „Schon wieder an die Blockflöte, Herr Bachmeier. Ich denke gerade an Kinder aus meiner Gruppe, die ihre Finger nicht ordentlich auf die Löcher gelegt haben. Da entstand immer so ein Quietschton. Das waren wohl auch undichte Windladen!"

Da musste die ganze Gruppe lachen, und es dauerte ein bisschen, bis Bernd fortfahren konnte. „Wir sehen hier nur die Unterseite der Windladen, dort, wo die Abstrakten verschwinden. Auf den Windladen stehen die Pfeifen – der Pfeifenfuß steht je auf einem Loch in der Windlade. Durch dieses Loch wird die Pfeife mit Wind versorgt, so wie bei der Blockflöte jemand hineinbläst." Und zu Lena gewandt meinte er: „Damit die Orgel nicht dasselbe Problem hat wie manche Kinder beim Blockflöte spielen, reguliert der Magazinbalg den Winddruck. Dann erreicht genau die richtige Menge Wind die Windladen, sodass ein schöner Ton entsteht."

Da hatte doch tatsächlich auch Frau Müller eine Frage: „Nun bin ich aber recht neugierig, woher die Energie für dieses ganze Wunderwerk kommt." Da zeigte mein Mensch auf einen großen

Holzkasten: „Dort ist der Motor, er geht heutzutage natürlich elektrisch." Da konnte Severin sich nicht bremsen und meinte in seiner vorlauten Art: „Ach Mama, da bist du jetzt sicher enttäuscht, dass das kein Verbrennungsmotor ist; aber das wäre wohl auch schwierig mit dem Tanken!" Bernd überspielte die Situation schnell: „Ganz abgesehen davon, dass keiner die Abgase gern in der Kirche hätte, wäre so ein Motor auch viel zu laut. Sogar der Elektromotor wäre sehr laut zu hören, wenn er nicht in dem schallgedämmten Holzkasten untergebracht wäre. Severin, was, glaubst du, lieferte denn vor Erfindung der Elektrizität die Energie für die Orgel?"
„Äh ... vielleicht ... äh ... Tiere?", stammelte der Junge etwas ratlos. Das käme für mich darauf an, welche Tiere dazu eingespannt worden wären. Die Vorstellung, dass tausend Hamster in ihren Rädern Energie erzeugen würden, hätte durchaus etwas Appetit anregendes für mich. Bernd erklärte jedoch, dass vor der Erfindung des Elektromotors Menschen die Blasebälge treten mussten, was eine ziemlich schweißtreibende Arbeit war. Herr Direktor Koppelhuber wusste natürlich gleich, dass diese Balgtreter Kalkanten genannt wurden. „Und bei mancher historischen Orgel gibt es sogar einen Registerzug, der sich Kalkantenruf nennt." Unter uns gesagt: wäre ich ein Hund und hätten wir uns nicht an so einem heiligen Ort aufgehalten, hätte ich diesem Schlaumeier liebend gern ans Bein gepinkelt! Nachdem die Energiefrage geklärt war, wies Bernd noch auf die zahlreichen Holzstangen hin, die eine Verbindung von den Registern zu den Windladen bilden. Und dann durften wir endlich, einer nach dem anderen, die Leiter in den ersten Stock hochklettern. „Größere Orgeln haben natürlich auch mehrere Stockwerke!", erklärte uns Bernd, während er oben darauf achtete, dass jeder an einer sicheren Stelle zu stehen kam und nichts beschädigte. Ich genoss es sehr, auf Lenas Schulter sitzen zu dürfen, denn Leiter klettern kann ich zwar, aber vor so vielen Zuschauern wäre ich dabei doch nervös geworden.

„Oh, wie das hier glänzt!“, rief Lena begeistert aus, nachdem wir oben angekommen waren. „Kann das sein, dass die Orgel auch deshalb die Königin der Instrumente genannt wird, weil sie glänzt, als hätte sie Kronjuwelen?“ Herr Direktor Koppelhuber lachte Lena aus, doch mein Mensch meinte mit einem Lächeln: „Warum nicht auch deshalb? Darüber habe ich mir noch nie Gedanken gemacht, aber das scheint mir nicht so weit hergeholt zu sein. Hauptsächlich nennt man sie natürlich Königin der Instrumente wegen ihrer unzähligen klanglichen Möglichkeiten, die sie bietet. Ihr dürft nachher noch zuhören, wenn ich spiele. Da werdet ihr erfahren, dass eine Orgel praktisch ein ganzes Orchester ersetzen könnte. Aber nun wüsste ich gern, ob jemand eine Ahnung hat, aus welchem Material die Pfeifen gemacht sind.“
„Manche sehen aus wie reinstes Silber!“, schwärmte Lena. „Auch wenn du vielleicht enttäuscht sein wirst, Lena, die meisten Pfeifen sind aus Zinn und Blei, Silber wäre unbezahlbar. Was glaubst du denn, wie viele Pfeifen diese Orgel hat?“ Daraufhin begannen die Kinder, sich im Schätzen gegenseitig zu überbieten. Lena begann: „Bestimmt über hundert!“ Severin schien besser im Schätzen zu sein und meinte: „Quatsch, das sind doch mindestens tausend!“ Da meinte Frau Müller: „Ich denke, dass es circa 2200 Pfeifen sind.“ Mein Mensch war von dieser Aussage wirklich tief beeindruckt, denn sie war sehr nahe dran. „Frau Müller, woher haben Sie das gewusst? Diese Orgel hat exakt 2207 Pfeifen.“ Das war das erste Mal, dass Herr Müller auch etwas sagte, indem er stolz auf die großartigen mathematischen Kenntnisse seiner Frau verwies. Und Herr Schlaumeier murmelte irgendwas Unverständliches in seinen Bart. Offenbar konnte er es nicht so leicht verkraften, dass jemand schlauer war als er.
Nun meldete sich endlich die andere erwachsene Teilnehmerin zu Wort. Frau Kleinert bemerkte, dass die Pfeifen so schön der Größe und auch dem Aussehen nach geordnet sind. Bernd erklärte: „Die Pfeifen sind nach Tonhöhen und Registern geordnet. Sie

haben ja beim Betrachten des Spieltisches die Registerzüge gesehen, und nun wollen wir uns einmal die dazugehörigen Pfeifen genauer anschauen." Und wieder zu den Kindern gewandt fragte er: „Was meint ihr, wie klingen die kleinen und wie die großen Pfeifen?" Lena wusste natürlich sofort die Antwort: „Die großen Pfeifen klingen tief und die kleinen hoch." „Ganz genau, Lena! Und nun seht euch mal diese Pfeifenreihe an, sie gehört zum Register Principal. Je mehr Zinn in der Pfeife ist, desto schöner glänzt sie übrigens, das Blei hingegen verleiht ihr Stabilität. Und hier haben wir eine Reihe Holzpfeifen, die haben wieder eine andere Klangfarbe." Während Bernd dies sagte, holte er eine kleine Holzpfeife heraus, hielt sie Lena hin und machte ihr ein Zeichen, dass sie hineinblasen soll. Es klang wie ein zauberhafter Flötenton. „Dieses Register heißt Clarabella, nach dem habe ich auch meine Katze benannt." Du wirst es schon längst erraten haben: ich musste ganz laut schnurren, als ich diese Worte hörte. Und nun denk dir, wie die Menschen reagierten? Sie klatschten! Das war das erste Mal in meinem Leben, dass ich Applaus bekommen habe, und ich überlegte schon, ob ich mich verbeugen sollte. Ich hielt mich dann aber doch zurück, denn ich hatte beschlossen, dass eine Verbeugung einzig und allein der Königin gebührte.

Nachdem Bernd die Clarabella-Pfeife wieder an ihren Platz zurückgesteckt hatte, holte er eine andere Pfeife heraus, die sehr seltsam aussah. Sie hatte unten nämlich so ein Gefäß dran, das entfernt an einen Trinkbecher erinnerte. Er blies hinein, und die Kinder riefen gleichzeitig: „Das quäkt ja richtig." Mein Mensch erklärte gleich: „Das ist eine Trompete, die gehört zu den Zungenregistern. Seht einmal her, wenn ich den Stiefel abnehme, dann kann man dieses kleine Metallplättchen sehen, das nennt man Zungenblatt. Und die schwingt beim Reinblasen und erzeugt diesen quäkenden Ton."

Dann kletterte Bernd die Leiter nach unten und ging zum Spieltisch, während wir alle oben blieben. Die Besucher durften nun einige Holzpfeifen berühren, während Bernd spielte. „Aber bitte nur die Pfeifen aus Holz, die aus Zinn sollte man nur mit Handschuhen anfassen, sie sind sehr empfindlich!“, bat er uns. Das gab ein Jauchzen und erstaunte Ausrufe, als die Kinder spüren konnten, wie die Pfeifen vibrierten. Und dann war es auch für uns Zeit, wieder nach unten zu klettern, wo Bernd uns noch wunderschöne Musik vorspielte. Alle bedankten sich bei meinem Menschen für die Vorführung und all die geduldigen Erklärungen. Unser Herr Allwissend verabschiedete sich natürlich nur mit einem Grummeln. Vermutlich wird er eine schlaflose Nacht haben, weil er so viele Menschen getroffen hat, die nicht auf seine Belehrungen angewiesen waren. Vielleicht sollte ich mal in Erfahrung bringen, wo er wohnt, um ihm eine tote Ratte vor die Tür zu legen. Über so ein Geschenk freuen sich die Menschen nämlich gar nicht, weil sie sich vor diesen Prachtexemplaren von Beutetieren ekeln.

Aber Bernd schien das alles schon nicht mehr zu berühren, denn es ging ihm ja einzig um Lenas Familie, und da hatte er offenbar richtigen Erfolg gehabt. Ich bekam nämlich mit, wie Frau Müller ihm mit verschwörerischer Miene zuflüsterte: „Ich werde Sie anrufen!“ Lena verabschiedete sich mit ein paar Streicheleinheiten von mir, und nachdem diese vielen Menschen gegangen waren, rollte ich mich auf der Orgelbank ein und döste. „Na, Clarabella, jetzt möchtest du wohl gern allein sein!“ sagte Bernd und verließ auch die Kirche. „Mau!“, antwortete ich nur und stellte mich schlafend.

Das siebte Kapitel,
in dem die Königin wieder zu Wort kommt

Endlich war ich ganz allein mit der Königin und konnte mit ihr sprechen, was ich seit Monaten nicht mehr getan hatte. Ein bisschen fürchtete ich auch, dass wir ihr zu nahe getreten sind, nachdem wir mit einer Gruppe von Menschen einfach ihr Inneres betreten haben. Deshalb hielt ich es für ratsam, mich noch einmal vor ihr zu verneigen und sie mit *Majestät* anzusprechen: „Verzeiht, Majestät, dass heute so viele Menschen hier waren. Es war nicht böse gemeint, wenn wir deine Ruhe hier gestört haben und sogar in dein Inneres eingetreten sind; denn es war alles für Lena, damit sie endlich ihre Eltern davon überzeugen kann, dass sie die Fähigkeit hätte, deine Dienerin zu werden." Wenn der respektlose Severin das hätte hören können, hätte er bestimmt zu mir gesagt: „Pass bloß auf, dass du nicht auf deiner Schleimspur ausrutschst!" Aber ich fand es einfach angemessen, der Königin noch einmal meinen Respekt zu bekunden. Mit Einschleimen hat das gar nichts zu tun, ehrlich! Und dass ich den richtigen Ton getroffen hatte, konnte ich an der Antwort der Königin erkennen, denn sie sagte zu mir: „Clarabella, ich nehme deine Entschuldigung gerne an. Zuweilen braucht es auch Gäste, die sich für mein Innenleben interessieren, denn wie sollen sonst neue Diener mit mir vertraut werden. Und dass Lena würdig ist, eine solche zu werden, habe ich schon bei ihrem ersten Besuch hier gespürt. Du auch, nicht wahr?" „Majestät, auch ich bin der Meinung, dass Lena deiner würdig ist. Und ihre Mutter wird das nun ebenfalls sehr bald einsehen."

Und weil ich schon so lange nicht mehr die Gelegenheit hatte, mit der Königin zu sprechen, wollte ich das auch richtig ausnutzen und fragte sie nach Erlebnissen mit anderen Dienern, worüber sie bereitwillig Auskunft erteilte: „Wenn man so alt ist wie ich, hat man natürlich schon unzählige Diener erlebt und vieles ertragen müssen. Da gab es welche, denen es völlig egal war, wie ich mich fühlte. Sie scherten sich nicht darum, ob ich verstimmt war, ob in meinem Gehäuse zu viel Feuchtigkeit war, sodass sogar Schimmel ansetzte. Seit dein Mensch mein Diener ist, wird für mein Wohlergehen aber wunderbar gesorgt. Er hat bei seinem Vorgesetzten durchgesetzt, dass alle zwei Jahre eine Orgelbaufirma kommt, um mich genau zu untersuchen, etwaige Mängel zu beheben und meine Pfeifen zu stimmen. Und wie ich mitbekommen habe, musste er schwer dafür kämpfen, dass dieser Wartungsvertrag zustande kam."

„Aber warum denn?", entfuhr es mir. „Natürlich stehen die Kosten im Vordergrund, aber auch die Ahnungslosigkeit der Menschen ist es, die sie solche Entscheidungen treffen lässt. Dein Mensch hat seinem Pfarrer sehr klug vorgerechnet, wie oft dieser wohl sein Auto zum Kundendienst brächte. Und was glaubst du, hat

dieser als Gegenargument vorgebracht?" „Keine Ahnung, aber du wirst mich sicher gleich darüber aufklären", entgegnete ich. „,Herr Bachmeier', hat er gesagt, ‚eine Orgel wie diese würde heutzutage etwa 700 000 Euro kosten. Bei so einem stolzen Preis muss sie natürlich auch immer funktionieren!' Doch dein Mensch war zum Glück sehr schlagfertig und konterte: ‚Darf ich Sie einmal fragen, Herr Pfarrer, was Ihr Auto gekostet hat?' Worauf der Pfarrer ganz entrüstet den Kopf schüttelte. Aber mein Diener stellte nur fest: ‚Ganz egal, wie teuer Ihr Auto war, Sie bringen es sicher in regelmäßigen Abständen zum Kundendienst. Was ich damit sagen will, ist einfach die Tatsache, dass ein sündhaft teurer Mercedes genauso oft Ölwechsel und neue Reifen braucht wie ein VW Polo.' Und da hatte der Pfarrer begriffen, dass die Wartung für eine Orgel sehr wichtig ist, und gleich den Wartungsvertrag unterschrieben."

Und trotzdem scheint es mit der Wartung nicht immer reibungslos zu klappen. Zum Stimmen der Orgel braucht man selbstverständlich absolute Ruhe in der Kirche, was leider nicht so recht in die Köpfe der Besucher wollte. Bernd musste dann ständig um Ruhe bitten, was ungefähr fünf Minuten lang half. Obwohl die Kirche doch so ein heiliger Ort ist, schaffen es die wenigsten Menschen, dort in absoluter Stille zu verharren. Die sollten einmal bei uns Katzen in die Lehre gehen: Wir können völlig bewegungslos stundenlang vor einem Mauseloch verharren! Einmal brauchte Bernd ganze drei Tage lang Stille in der Kirche, weil die Orgelbauerin zur Wartung da war und wirklich fast die ganze Orgel gestimmt wurde. Das ist eine Wahnsinnsarbeit, die unglaublich viel Ruhe und Konzentration erfordert. Doch was passierte am dritten Tag unten im Kirchenschiff? Der Pfarrer hatte einen Putztrupp geschickt, der sogar mit dem lärmenden Staubsauger ankam! Ich war wirklich fassungslos, als mir die Königin diese Geschichte erzählte.

Dass mein Mensch sehr geschickt darin ist, andere Menschen

von etwas zu überzeugen, ist mir schon klargeworden, seit er diese List mit der Orgelführung extra für Lenas Mutter ersonnen hat. Für seine Orgel ist er bereit, die Menschen zu bewegen, das ist es, was einen wahren Diener ausmacht. Und die Königin bestätigte dies auch, indem sie sagte: „Seit dein Mensch mein Diener ist, geht es mir so gut wie nie zuvor." Kannst du dir vorstellen, wie sehr mich diese Worte bewegten? Ich musste mich daraufhin sofort von der Königin verabschieden, um mich auf Bernds Schoß zu setzen und stundenlang zu schnurren. Er verdient es, dass ich ihm meine Katzenliebe gebe, denn dann kann er seine Liebe an die Königin weitergeben. Ich preise den Tag, an dem ich mich in die Kirche verirrt habe und mein Leben dadurch völlig verändert worden ist. Und ich bin stolz darauf, auf meine Weise auch eine Dienerin der Königin zu sein. Aber bitte erzähle das bloß nicht anderen Katzen, das sollte unser Geheimnis bleiben. Normalerweise dienen wir Katzen nicht, sondern wir lassen uns bedienen. Aber da bin ich wohl etwas aus der Art geschlagen.

Das achte Kapitel,
in dem Lena sehr, sehr glücklich ist

Nachdem Lenas ganze Familie so genau über das technische Wunderwerk aufgeklärt worden war, durfte das Mädchen nun endlich zum Orgelunterricht kommen. Dass sie überglücklich darüber war, hast du sicher auch schon längst geahnt. Da immer noch Sommerferien waren, kam sie schon recht früh am Vormittag in die Kirche, als Bernd gerade mit dem Üben fertig geworden war. Sie zeigte gleich ihre Schuhe her, die sie sich von ihrem Taschengeld ganz allein gekauft hatte. „Ich war in einem Sportgeschäft und habe alle Arten von Tanzschuhen ausprobiert. Sind die richtig?“ fragte sie etwas nervös. „Lena, da hast du sehr gut eingekauft, diese Schuhe sind perfekt zum Orgel spielen“, lobte mein Mensch sie gleich.

„So, Lena, nun wollen wir mal sehen, ob die Höhe der Orgelbank für dich so stimmt. Wie groß bist du denn?“

„Einen Meter achtundvierzig.“

„Dann werden wir die Orgelbank ganz nach unten verstellen, damit du mit den Füßen die Pedale gut erreichen kannst“, meinte er und zeigte ihr die Kurbel, an der sie drehen musste. Danach erklärte er ihr, wie sie auf der Orgelbank sitzen sollte, um den Beinen genügend Bewegungsfreiheit zu geben. Man konnte dem Mädchen ansehen, dass sie ganz erpicht darauf war, endlich spielen zu dürfen, deshalb gab Bernd ihr gleich ein paar Pedalübungen.

„Die Knie solltest du möglichst nahe beieinander lassen, dann ist die Haltung der Füße genau richtig. Du solltest dir von Anfang an angewöhnen, gar nicht nach unten zu schauen.“ Mit den Füßen durfte sie nun bekannte Melodien auf dem Pedal ausprobieren, und Bernd zeigte ihr, wie sie sowohl die Fußspitzen als auch die Absätze einzusetzen hatte.

Von da an kam Lena fast jeden Tag in die Kirche, um ihre Hausaufgaben zu üben. Und sie legte dabei eine Ausdauer an den Tag, die mich immer wieder aufs Neue erstaunte. Bislang dachte ich, Ausdauer wäre eine rein kätzische Qualität, die den Menschen meist fehlt. Aber ich muss mein Urteil über die Menschen im Allgemeinen wohl überdenken. Organisten scheinen so eine besondere menschliche Art zu sein, die sich in Sachen Ausdauer durchaus mit uns Katzen messen kann.
Mittlerweile waren Lenas Sommerferien längst zu Ende gegangen, und der Herbst war ins Land gezogen. In der Kirche war es kühler geworden, und Bernd holte den Heizstrahler aus einer Ecke, der in der kalten Jahreszeit dafür sorgte, dass er keine kalten Hände bekam. Lenas Mutter war nur noch einmal besorgt zu meinem Menschen gekommen, weil sie wissen wollte, ob sich Lena in der Kirche nicht eine Erkältung nach der anderen holen würde. Doch Bernd konnte sie beruhigen: „Frau Müller, machen Sie sich keine Sorgen. Ich habe den Heizstrahler neben die Orgelbank gestellt, und Lena weiß, wie man ihn einschaltet. Außerdem weiß sie auch, wie warm man sich in unserem Beruf anziehen sollte. Wenn Sie Ihrer Tochter warme Kleidung kaufen, in der sie aber genügend Bewegungsfreiheit hat, dann ist sie gut ausgerüstet." „Aber wenn ich im Winter in die Kirche gehe, friere ich immer entsetzlich!", meinte sie etwas ängstlich. „Das könnte vielleicht daher kommen, dass Sie in der Kirche stillsitzen, wir Organisten uns aber bewegen." Da musste ich mich doch in das Gespräch einmischen und Frau Müller meine Qualitäten vorführen. So schmiegte ich mich an ihre Beine und schnurrte ganz laut. Das fiel mir ganz leicht, denn inzwischen mochte ich Lenas Mutter viel lieber als früher. Und du wirst es nicht glauben, was dann geschah: Frau Müller verstand, was ich ihr sagen wollte! „Und die liebe Clarabella wird wohl mit ihrem schönen Fell auch dafür sorgen, dass meine Lena auf der Orgelbank nicht erfrieren muss", lachte sie. ‚Na also, geht doch!', dachte ich mir, als ich Le-

nas Mutter so reden hörte. Lang hat es zwar gedauert, bis mein Mensch und ich diese Frau gemeinsam erzogen haben, doch jetzt ist sie doch noch ganz umgänglich geworden.
Ich will dir nun nicht jede einzelne Unterrichts- und Übungsstunde schildern, weil ich mir vorstellen kann, dass dich das auf die Dauer langweilen könnte. Ich war auch nicht immer dabei, weil eine Katze auch noch andere Dinge zu tun hat. Auch wenn ich inzwischen längst eine treue Dienerin der Königin bin, habe ich noch andere Interessen. So ist mir neulich bei einem nächtlichen Streifzug ein Kater begegnet, den ich noch nie gesehen hatte. Sein Alter konnte ich nicht schätzen, und auch sonst hatte er etwas Geheimnisvolles an sich, das ihn nur noch interessanter machte. Aber wer bin ich, dass ich ein gewisses Interesse an ihm zeigen würde! Die kluge Katze schleicht an ihm vorbei, als hätte sie ihn gar nicht bemerkt. Dass ich trotzdem gerne nähere Bekanntschaft mit ihm schließen würde, kann ich nicht verleugnen. Aber solche Dinge brauchen Zeit ...
Weil ich gerade von der Zeit spreche: Du glaubst es nicht, wie schnell sie dahinrast. Nun ist schon bald wieder Weihnachten, ein Fest, das auch wir Katzen unendlich lieben! Wenn ich nur an Gänsebraten, das Lametta und die Lichter am Tannenbaum denke, muss ich gleich wieder schnurren! Aber das Fest wird natürlich nicht nur in den Häusern lange vorbereitet, auch in der Kirche geschieht so allerhand, das es einem warm ums Herz werden lässt. Und da fällt mir ein, dass ich dir noch gar nicht von den Proben des Kirchenchors erzählt habe, die jede Woche im Gemeindehaus stattfinden und die natürlich von Bernd geleitet werden. Für das Weihnachtsfest hat er ganz festliche Musik ausgesucht, die vom Chor gesungen, von der Orgel und auch von einem kleinen Streichorchester begleitet wird. Der Chor probt schon seit einigen Wochen, neuerdings auch von Lena unterstützt. Zuerst hat sie sich gar nicht zugetraut, dass sie mitsingen könnte, aber mein Mensch hat ihr Mut gemacht: „Lena, wenn du glaubst, dass du

nicht singen kannst, dann hast du es einfach noch nie probiert. Ich bin der Meinung, dass jeder Mensch, der sprechen kann, auch singen kann. Nur haben die meisten Menschen Angst davor. Was würdest du zu mir sagen, wenn ich behaupten würde, dass ich nicht Fußball spielen kann?" Da musste Lena natürlich lachen und meinte: „Haben Sie's denn überhaupt schon einmal ausprobiert?" Bernd verneinte, und die beiden verglichen Sport mit Musik. Sie kamen dabei zu dem Schluss, dass man alles lernen kann, wenn man es nur möchte und fleißig dafür übt. Seitdem kommt Lena jeden Donnerstag in die Chorprobe und ist inzwischen schon zu einer großen Stütze im Sopran geworden.

Über die Chorproben muss ich hier natürlich auch etwas erzählen, denn sie sind bei Bernd immer sehr lustig. Er scheint Wortspiele sehr zu lieben und bringt damit seinen Chor bei vielen Gelegenheiten zum Lachen, mal absichtlich, mal auch rein zufällig. Zum größten Heiterkeitsausbruch unter den Sängern sorgte ein Zitat, als sie einmal ein Gloria probten, aber mit dem Rhythmus nicht so richtig klarkamen. Bernd sagte, ohne groß darüber nachzudenken: „Am Glo- dürft Ihr aber nicht zu lange sitzenbleiben!" Darauf raunte ein Bass dem anderen zu: „Das lass ich mir von ihm aber nicht vorschreiben, wie lange ich da sitzen darf. Das Klo ist der einzige Ort, an dem ich in Ruhe meine Zeitung lesen kann, ohne gestört zu werden. Unter einer halben Stunde geht da gar nichts." Als vernunftbegabtes Wesen frage ich mich immer wieder, wie verrückt denn manche Menschen sind. Mir reicht es, mein Geschäft zu erledigen und zu vergraben, dann verlasse ich diesen ungemütlichen Ort auch schon wieder. Die Zeitung kann ich viel besser lesen, wenn sie auf dem Tisch ausgebreitet ist. Und Bernd auch.

Ein andermal wurde ein vorweihnachtliches Marienlied in lateinischer Sprache geprobt. Es kam eine Stelle vor mit dem Text „in utero", was ja zu Deutsch Gebärmutter heißt. Da ging es wohl um das Jesuskind, das sich noch im Leib seiner Mutter befand. Und die Tenöre sangen exakt an dieser Stelle immer zu tief. Bernds Kommentar dazu: „Das ist wohl der erste Fall von Gebärmuttersenkung bei Männern!“

Neulich hatte Lenas große Stunde geschlagen, als mitten in der Probe der Mesner hereinkam und Bernd ganz dringend ans Telefon holte. (Ja, du hast richtig gelesen: mein Mensch lebt tatsächlich noch ganz ohne Mobiltelefon und wird somit normalerweise nicht durch Anrufe gestört!) Er wollte den Chor aber nicht so lange warten lassen und bat Lena, ob sie dem Bass nicht schon mal seine Stimme auf dem Klavier vorspielen möchte. Ich hatte natürlich die Oberaufsicht, ganz klarer Fall! Was soll ich sagen: Lena spielte es ohne Fehler vor, und als Bernd immer noch nicht zurückkam, schlugen einige Frauen vor, Lena könnte es doch mit den Bässen einstudieren. Zuerst war das Mädchen recht schüchtern, was ich ihr nicht verdenken konnte. In einem Chor gibt es halt auch immer Leute, die nicht sehr respektvoll sind. Und wenn dann ein kleines Mädchen den erwachsenen Männern sagen soll, ob sie falsch oder richtig singen, dann ist das sicher nicht so einfach. Nach ein paar Durchläufen hatten sie die Partie aber perfekt drauf, und als sie es gerade nochmal fehlerlos sangen, kam Bernd herein und strahlte übers ganze Gesicht. Ich auch, wenn man es uns Katzen auch nicht so ansieht. Auch Lena strahlte, das kannst du dir wohl denken! Ich hatte sogar den Eindruck, sie wäre in der kurzen Zeit ein Stück gewachsen. Als Herr Müller nach der Probe seine Tochter abholte, durfte er sich von vielen Chormitgliedern Lobeshymnen anhören: „Ihre Lena hat das Talent zur Chorleiterin!“ „Hut ab vor der Kleinen!“ „So ein musikalisches Kind!“ Das waren einige der Aussagen, denen Bernd noch eine Erklärung über den Ablauf der Probe anfügte und Lena auch noch einmal besonders lobte.

Das neunte Kapitel, das Weihnachtsfreude verbreitet

Nun möchte ich dir von Weihnachten erzählen, weil ich solche Freude an dem Fest hatte. Es war das zweite Weihnachtsfest in meinem Leben und das erste bei Bernd. Bei meinen früheren Menschen hatte es einen großen Baum mit ganz viel glitzerndem Lametta gegeben, mit dem wir Katzen so schön spielen konnten, was den Menschen aber gar nicht gefiel. Nun war ich natürlich recht neugierig, wie mein neuer Mensch das Fest feiern würde. Eines Morgens sagte er zu mir: „Clarabella, ich glaube, dieses Jahr werde ich wohl doch einen Baum aufstellen, schließlich feiern wir Weihnachten nun zu zweit, und du sollst deine Freude daran haben." Und so gingen wir zusammen einen Baum kaufen. Der Christbaumverkäufer riss die Augen vor Staunen weit auf, als er uns zu zweit ankommen sah. Ich saß auf Bernds Schulter, damit ich in dem Gewimmel nicht von unachtsamen Menschen getreten werde. Bernd fragte mich, ob ich mit dem von ihm gewählten Baum einverstanden bin: „Sind die unteren Äste für dich gut erreichbar, damit du damit spielen kannst, Clarabella?" Der Verkäufer begann gerade etwas Dummes zu sagen, das in meinen Ohren so klang, als würde er Bernd nicht besonders ernst nehmen. Doch da kam zufällig Lena mit ihrem Vater daher, die auch zusammen einen Baum aussuchen wollten. Lena sagte zu ihm: „Wissen Sie denn nicht, welche Katze das ist? Das ist Clarabella, die zusammen mit Herrn Bachmeier dafür sorgt, dass unsere Orgel immer gut klingt. Sie verdient es also wirklich, einen ganz besonderen Weihnachtsbaum zu bekommen!" Und dann kam ihr eine Idee, die sie meinem Menschen ins Ohr flüsterte. Wenn wir Katzen auch ein sehr feines Gehör haben, so verstand ich doch nur einzelne Wörter wie Lametta und Streifen. Bernd lächelte dazu und meinte: „Danke für diese großartige Idee, Lena. Ich werde mal sehen, was ich da machen kann."

Am Morgen vor dem großen Fest lag etwas Geheimnisvolles in der Luft, das konnte ich schon bei Sonnenaufgang spüren. Kaum war Bernd mit dem Frühstück fertig und hatte die Zeitung gelesen, klingelte es an der Tür. Draußen standen Lena und ihr Bruder Severin, den ich seit der Orgelbesichtigung nicht mehr gesehen hatte. Sie hatten ein Päckchen dabei, das einen sehr angenehmen Duft verströmte. Doch als ich mich den Kindern und vor allem diesem Päckchen nähern wollte, schickte Bernd die beiden damit ins Wohnzimmer und schloss die Tür. Ich hatte den Eindruck, niemand wollte mich dabeihaben bei diesem geheimnisvollen Treiben. Nach einer Ewigkeit kamen die Kinder endlich wieder heraus, doch Bernd hielt die Tür weiterhin geschlossen. Ich hätte platzen können vor Neugier! Und dauernd hatte ich diesen betörenden Duft in der Nase!
Du fragst dich, wo denn meine viel gepriesene Geduld geblieben war? Ich muss gestehen: wir Katzen können unglaublich geduldig sein, wenn wir vor einem Mauseloch darauf warten, dass die Bewohnerin herauskommt. Aber auf das Christkind zu warten, ist viel schwieriger, da ist es mit unserer Geduld ganz schnell vorbei. Ich denke, in diesem Punkt unterscheiden wir Katzen uns in keiner Weise von Menschenkindern. Habe ich Recht? Um mir die Zeit ein wenig zu vertreiben, habe ich wieder einmal im Gehäuse der Königin nach dem Rechten geschaut, schließlich war dieser Tage ihr ganz großer Auftritt. Mäuse ließen sich dort schon lange keine mehr blicken, aber diesmal fand ich einen Schmetterling, der dort überwintern wollte. Da ich Schmetterlinge sehr gern mag, wollte ich ihn nicht erschrecken. Ich stupste ihn nur ganz vorsichtig mit der Nase an, um zu sehen, ob er schlief, und flüsterte: „Falls du hier überwintern willst, dann achte bitte darauf, dass du nichts schmutzig machst. Das verträgt meine Königin nämlich gar nicht." Der Schmetterling erwiderte nichts darauf, also wird er wohl ganz tief geschlafen haben. So konnte ich den Kirchenraum einmal genießen, ohne viel Arbeit zu haben. Und

auch hier lag eine große Spannung in der Luft, weil jede Menge Leute damit beschäftigt waren, zwei große Christbäume im Altarraum zu schmücken. ‚Du großer Kater, wird denn heute überall die Geduld von Menschen und Katzen auf die Folter gespannt?' Ich fühlte mich weder hier in der Kirche noch bei uns zu Hause so richtig erwünscht, also streunte ich noch ein bisschen über den Friedhof und zum Waldrand. Ich war gerade so in Gedanken versunken, dass ich gar nicht bemerkte, wie jemand hinter mir herschlich. „Sieh mal einer an, die dienende Katze hat einen freien Tag!", maunzte mir ein frecher Kater ins Ohr. Und bevor ich mich umdrehen konnte, um zu sehen, welcher ungehobelte Kerl es wagte, mich so zu erschrecken, wusste ich schon, um wen es sich dabei handelte. So etwas riecht eine Katze schließ-

lich! Nun hätte ich vielleicht irgendwas ebenso Freches erwidern sollen, aber mir wollte einfach nichts einfallen. Zum Glück war der Kater recht redselig und stellte sich gleich vor: „Gestatten, man nennt mich den Käpt'n! Ich bin nämlich in jungen Jahren zur See gefahren." Endlich hatte ich meine Sprache wiedergefunden und stellte mich ebenfalls vor. So viel Höflichkeit muss schließlich sein: „Man nennt mich Clarabella, ich bin die Hüterin der Pfeifen." Das hatte ich mir schnell ausgedacht, weil ich glaubte, das würde besser klingen als *Dienerin der Königin*. Versteh mich bitte nicht falsch, ich diene meiner Königin wirklich gern. Aber unter Katzen macht sich das ganz und gar nicht gut.

Der Käpt'n setzte zu einer Schmährede an und verspottete mich, weil ich mich zur Dienerin erniedrigt habe. Zum Glück habe ich dann doch wieder zu meiner alten Schlagfertigkeit zurückgefunden und konnte zurückschießen: „Und was hast du, verehrter Käpt'n, denn gemacht, als du mit deinem Menschen zur See gefahren bist?" Da brüstete er sich gleich und schwärmte: „Oh, ich war ein sehr wichtiges Mitglied der Crew, denn ich sorgte für einen mäusefreien Maschinenraum. Stell dir nur vor, wie fatal es auf hoher See hätte enden können, wenn Mäuse wichtige Bauteile im Maschinenraum zerstört hätten! Ich hatte die verantwortungsvollste Aufgabe überhaupt!" Sein Fell hatte sich gesträubt, während er diese Rede

hielt, und ich hatte den Eindruck, als wäre er vor Stolz einen Kopf größer geworden. ‚So ein Angeber!‘, dachte ich und machte mich auf den Heimweg. Über die Schulter rief ich ihm nur kurz zu: „Siehst du, das war dieselbe verantwortungsvolle Aufgabe, die ich bei meiner Orgel übernommen habe. Du warst also auch einst ein Diener der Menschen!“

„Clarabella, so warte doch!“, rief er mir nach, aber ich ignorierte ihn. Ich war schon halb zu Hause angekommen, da hatte er mich eingeholt. „Es war nicht so gemeint, entschuldige bitte!“, maunzte er, und ich hatte den Eindruck, dass er es ehrlich meinte. „Soviel ich weiß, feiern die Menschen heute das Fest des Friedens. Dann will ich mal nicht so sein und auch mit meinen Artgenossen Frieden schließen. Ich wünsche dir ein frohes Weihnachtsfest, Käpt’n!“, rief ich ihm zu und verschwand durch die Nacht.

Zu Hause angekommen, wurde ich von meinem Menschen schon vermisst. „Clarabella, wo steckst du denn? Ich habe dich schon überall gesucht. Ich muss jetzt in die Kirche, weil am Nachmittag für die Kinder ein Gottesdienst stattfindet. Möchtest du mit?“ Weil er dabei so geheimnisvoll mit den Augen zwinkerte, dachte ich mir, dass es vielleicht heute etwas ganz Besonderes geben könnte. Zu Weihnachten würde ganz sicher auch sehr festliche Musik erklingen, die ich mir nicht entgehen lassen wollte. Also ging ich selbstverständlich mit Bernd zur Kirche. Und ich kann dir sagen, es war eine riesige Überraschung, die ich da erlebte! Na gut, zuerst war alles recht normal, Bernd spielte Orgel, ich saß daneben. Die Lieder, die gesungen wurden, gefielen mir aber besonders gut, und ich hätte am liebsten ganz laut mitgesungen. Da Katzengesang den Menschen aber seltsamerweise nicht so gefällt, habe ich mich aufs Schnurren beschränkt.

Zuerst hatte ich mir nichts gedacht, dass Lena und ihre Familie bei uns auf der Empore saßen, auch wenn diese nur den Chormitgliedern offen steht. Doch dann, kurz vor Ende des Gottesdienstes, rutschte Bernd von der Orgelbank herunter und Lena kletterte hinauf! Und sie spielte ein sehr ruhiges Stück, das die Menschen ganz friedlich stimmte. Ihre Eltern hatten Tränen in den Augen, und auch Bernd war sehr gerührt. Er stand an der Seite, weil er Lena geholfen hatte, die richtigen Register zu ziehen. Danach tauschten die beiden wieder die Plätze, weil Bernd das wichtigste Lied an Weihnachten, Stille Nacht, selber spielte. Aber ich bin mir sicher, dass im nächsten Jahr Lena dieses Lied auch schon kann. Und während alle Menschen die drei Strophen von *Stille Nacht* sangen, kuschelte sich Lena an ihre Mutter und ließ sich von ihrem stolzen Vater auf die Schulter klopfen. Sogar Severin war ganz friedlich und warf seiner Schwester einen bewundernden Blick zu.

Wenn du jetzt glaubst, das wäre der Höhepunkt des Festes gewesen, dann hast du keine Ahnung, denn es war nur einer von vielen Höhepunkten. Danach gingen Bernd und ich nach Hause, wo es schon ganz köstlich aus der Küche duftete. Frau Müller hatte, während Bernd und ich schon zur Kirche unterwegs waren, einen leckeren Braten gebracht und warmgestellt. Das ist wohl ihre Art, meinem Menschen und mir zu zeigen, dass sie sehr glücklich über Lenas Entwicklung ist, und uns dafür zu danken. So gab es einen unglaublichen Festschmaus, nach dem ich das Gefühl hatte, gleich zu platzen. Dann durfte ich endlich den Raum betreten, der mir am Vormittag verboten worden war. Ui, was es da alles zu bestaunen gab! Der Baum, den wir zusammen gekauft hatten, war nicht wiederzuerkennen, so strahlte und glänzte er. Ich musste an Lenas Erlebnis im Inneren der Orgel denken, als sie die glänzenden Pfeifen so sehr bewunderte. Es hingen Lichter am Baum, Strohsterne und rote Äpfel, Lametta und in glänzende Folie eingepackte Süßigkeiten. Aus denen mache ich mir nichts, aber Bernd liebt Schokolade über alles. Und dann entdeckte ich etwas, das mir das Wasser im Maul zusammenlaufen ließ: die unteren Äste waren mit etwas verziert, das von der Form her wie Lametta aussah, aber köstlich duftete und nur für mich aufgehängt worden war. „Das war Lenas Idee, Clarabella. Sie hat extra für dich Lametta aus Leberkäse gemacht.“ Fast bereute ich es, dass ich vorher beim Braten schon so fest zugelangt habe. Aber gut, der Abend war ja noch lang.

Du wirst dich jetzt sicher fragen, ob es bei uns zu Weihnachten keine Geschenke gegeben hat. Nun, das ist mir etwas peinlich, es zu gestehen, denn ich hatte überhaupt nicht daran gedacht, für meinen Menschen ein Geschenk zu besorgen! Dabei hätte ich am Nachmittag lange genug Zeit gehabt, ihm eine fette Maus zu fangen, und ich schäme mich sehr für dieses Versäumnis. Denn Bernd hatte für mich tatsächlich ein Geschenk, und auch Lena hat etwas für mich vorbeigebracht. Bernd schenkte mir eine Kuschelhöhle, die man am Heizkörper aufhängen konnte. So kann ich nun immer im Warmen schlafen. Obwohl ich ja am liebsten in Bernds Bett schlafe, aber vielleicht mag er das gar nicht so gern. Lena hatte für mich ein schönes Spielzeug besorgt, das ich herumrollen kann und das dabei auch noch Musik macht. Natürlich keine so schöne Musik, wie ich sie bei meiner Königin zu hören bekomme, aber trotzdem ein sehr schönes Geschenk, weil es von Lena kommt. Ich denke, ich sollte morgen nicht nur Bernd, sondern auch ihr eine Maus vorbeibringen.

Nach dem Auspacken der Geschenke brauchten wir dringend ein kleines Verdauungsschläfchen, denn ich hatte ich mich natürlich noch nebenbei über das essbare Lametta hergemacht. Zum Glück verfügt Bernd über eine sehr gute innere Uhr, sonst hätten wir vielleicht die Christmette noch verschlafen, die um 22 Uhr stattfand. Diesmal sang der Kirchenchor, somit war auch Lena wieder mit dabei. Es war eine wunderschöne Musik, die von einem Orchester begleitet wurde. Bernd hatte alle Hände voll zu tun, denn er musste Orgel spielen und dirigieren gleichzeitig, wofür er eigentlich vier Hände gebraucht hätte. Er hat es aber irgendwie trotzdem geschafft mit nur zwei Händen. Vielleicht ist er ja ein Zauberer? Er wird aber trotzdem sehr froh sein, wenn

Lena eines Tages soweit ist, dass sie die Orgelstimme übernehmen kann. Wie schon am Nachmittag, spielte Lena auch hier noch einmal ihr Stück, was wohl auch für die Chormitglieder eine große Überraschung war und ihr etliche bewundernde Blicke bescherte.

Möchtest du nun wissen, was für mich das allerschönste Weihnachtserlebnis war? Es war das Strahlen in Lenas Augen, nachdem sie so schön Orgel gespielt hatte. Die Musik macht die Menschen glücklich und zufrieden. Und zufriedene Menschen kennen keinen Neid und Hass auf andere. Wenn ich genau darüber nachdenke, dann müssten vielleicht nur alle Menschen Orgel spielen lernen, und die Welt wäre voller Frieden und Liebe. Aber auf mich hört ja leider keiner.

Das zehnte Kapitel, in dem Clarabella ganz andere Dinge zu tun hat

Die nächste Begebenheit konnte sich nur deshalb ereignen, weil ich noch so vom Geist der Weihnacht beseelt war. So machte ich mich noch in der Nacht, als mein Mensch tief und fest schlief, auf den Weg, um einige Schulden zu begleichen. Als erstes holte ich ein großes Stück des Festtagsbratens, das ich in meinem gut gefüllten Napf übriggelassen hatte, um mich nicht zu sehr zu überfressen, und nahm es mit nach draußen. Ich wusste gar nicht, wo der Käpt'n wohnte, ahnte aber, dass er kein Zuhause mehr bei einem Menschen hatte und deshalb auf sich selbst gestellt war. Und da ich Frieden mit ihm geschlossen hatte, wollte ich auch meinen Braten mit ihm teilen. Ist es nicht das, was Weihnachten ausmacht?

Du wirst dich jetzt vielleicht fragen, woher ich solche Dinge weiß. Aber wenn man jeden Sonntag mit seinem Menschen in die Kirche geht, dann lauscht man doch ab und zu auch der Predigt, und da gibt es manchmal sehr interessante Dinge zu hören. So wurde heute von zwei Menschen erzählt, die unterwegs waren und keinen Raum zum Übernachten fanden. Sie wurden überall abgewiesen und schliefen dann in einem Stall, was für Menschen wohl eine Zumutung ist. Ich persönlich finde es ja in einem Stall sehr gemütlich, aber Menschen können das nicht so. Die brauchen ihr gemütliches Bett und zuvor eine Badewanne oder Dusche. Sie sind halt viel komplizierter als wir Tiere, aber darum ging es in dieser Geschichte gar nicht. Es ging darum, dass die Frau ein Kind bekommen sollte, weshalb sie auch so eilig eine Unterkunft brauchten. So kam ihr Kind in diesem Stall zur Welt, und sie legte es dann in eine Futterkrippe, aus der sonst Ochs und Esel fraßen. Und das Kind war etwas ganz Besonderes, sodass Hirten mit ihren Schafen vorbeikamen, um es zu bewun-

dern. Nun, ich würde sagen, jedes Kind ist etwas ganz Besonderes für seine Eltern. Aber das Kind aus der Geschichte war so besonders, dass sogar von ganz weit her Menschen kamen, um es zu bestaunen. Und irgendwie erfüllt es mich mit Stolz, zu wissen, dass zuerst Tiere bei diesem Kind waren. Wenn auch nicht von Katzen die Rede ist, bin ich mir sicher, dass auch mindestens eine von uns zugegen war. Die Menschen können doch gar nicht mehr ohne uns auskommen!
Oh je, ich schweife schon wieder ab. Ich wollte dir doch erzählen, was ich in dieser Heiligen Nacht alles erlebt habe. Zunächst schleppte ich mein Bratenstück zum Waldrand, weil ich vermutete, dass dort irgendwo das neue Zuhause des Käpt'n sein könnte. Und ich hatte mich nicht getäuscht, er kam bald nach meiner Ankunft angetrottet und freute sich sehr über den Braten, den er mit ziemlichem Heißhunger verschlang. „Ah, das hat gutgetan!", seufzte er. „Ich hatte schon lange kein so gutes Mahl mehr und bin dir zu großem Dank verpflichtet." ‚Oh, der Kerl hat also doch Manieren!', dachte ich mir und war recht erstaunt darüber. „Du wirst mich für einen vertrottelten Weichling halten, weil ich so schlecht für mich selber sorgen kann", meinte er. Auf diese Idee wäre ich gar nicht gekommen, deshalb antwortete ich: „Du wirst deine Gründe dafür haben, dass du nicht mehr bei einem Menschen lebst. Doch darüber bist du mir keine Rechenschaft schuldig. Ich dachte nur, dass ich meinen leckeren Braten doch mit jemandem teilen könnte, und da bist mir eben du in den Sinn gekommen."
„Oh, du hast wohl die Weihnachtsbotschaft der Menschen richtig verstanden, Clarabella. Aber von einer Kirchenkatze wie dir hätte ich auch nichts anderes erwartet."
„Und woher kennst du dann diese Weihnachtsbotschaft? Wenn man wie du so lange zur See gefahren ist, hatte man wohl kaum Gelegenheit, Predigten zu hören."
„Au weia, jetzt hast du mich aber eiskalt erwischt!", jammerte er. Ziemlich verschämt sah er aus, als er mir folgende Geschich-

te erzählte: „Das mit der Seefahrt war etwas übertrieben. Also, um ehrlich zu sein – und das sollte man ja wenigstens an Weihnachten –, war es sogar maßlos übertrieben. Mein Mensch hatte ein Schlauchboot und paddelte damit manchmal auf der Donau herum. Er war Pfarrer von Beruf und fand am Wasser immer die beste Inspiration für seine Predigten." Ich konnte es mir nicht verkneifen, ihn aufzuziehen: „Da hattest du natürlich jede Menge zu tun im Maschinenraum, verstehe schon!" Da ich ihm dabei einen freundschaftlichen Stups gegeben habe, waren wir aber gleich wieder versöhnt. Er erzählte mir, dass er nach dem plötzlichen Tod seines Menschen geflüchtet wäre, damit er nicht ins Tierheim musste. „Immer eingesperrt sein und hoffen, dass man noch einmal von einem Menschen geholt wird, das hätte mir nicht gefallen. Da genieße ich lieber meine Freiheit, auch wenn im Winter manchmal das Futter knapp ist."

Nach unserem Plausch verabschiedete ich mich von meinem neuen Freund und versprach, ab und zu etwas von meinem reichlichen Futter an ihn abzutreten. Dann machte ich mich auf die Jagd nach Mäusen, was im Winter tatsächlich nicht leicht war. Zum Glück entdeckte ich in einem Hühnerstall ein Schlupfloch, durch das ich mich hineinzwängen konnte. In Ställen gibt es immer reichlich Futter, also nisten sich da gerne auch mal Mäuse ein. Und so war es eine meiner leichtesten Übungen, zwei fette Prachtexemplare zu fangen, eine vor Lenas Haus abzulegen und die andere meinem Menschen mitzubringen.

Am nächsten Morgen, gleich nach der Kirche, kam Lena bei uns vorbei, streichelte mich und flüsterte mir ins Ohr: „Ich nehme an, die Maus vor unserer Terrassentür ist ein Weihnachtsgeschenk von dir, Clarabella. Hab vielen herzlichen Dank dafür!" Bernd bekam mit, worüber sie mit mir gesprochen hatte, und meinte: „Ach, dann haben wir beide wohl dasselbe Geschenk von Clarabella bekommen. Vielen Dank, meine Kleine!" Damit nahm er mich hoch und schenkte mir ein paar extra Streicheleinheiten,

die ich sehr genoss. Und doch merkte ich, dass ich nicht nur von Menschen gestreichelt werden wollte. Manchmal möchte unsereins doch unter Katzen sein, so sehr wir uns auch an unsere Menschen gewöhnt haben.
So ging ich in den nächsten Wochen immer wieder mit einem Stück Fleisch aus meinem Napf zu meinem neuen Freund. Dabei wurde es mir immer mehr bewusst, dass mir zum vollkommenen Katzenglück noch etwas sehr Wichtiges fehlte. Und dafür braucht eine Katze einen Kater. Es ist nicht so, dass wir Katzen unser ganzes Leben lang mit einem Partner zusammenbleiben wollen, aber für eine ganz kurze Zeit ist das sehr schön. Und da der Käpt'n in seiner Jugendzeit ganz bestimmt einmal ein besonders kräftiger und schöner Kater gewesen sein muss, beschloss ich, dass er der Vater meiner künftigen Kinder werden sollte.
Als der Winter sich seinem Ende zu neigte, hatte ich an meinem Bauch schon ganz schön schwer zu schleppen. Bald würde ich nicht mehr im Inneren der Königin herumklettern können. Und

wenn meine Kinder erst einmal das Licht der Welt erblickt hatten, würde ich auch gar keine Zeit mehr für diese Aufgabe haben. Ich bat daher den Käpt'n, vorübergehend diese Aufgabe zu übernehmen. „Eine Orgel ist innen noch viel interessanter als der Maschinenraum eines Schiffes!“, zog ich ihn ein bisschen auf. „Na ja, als ehemaliger Pfarrerskater steht es mir vielleicht durchaus zu, ab und zu in die Kirche zu gehen.“ Nach dieser Antwort konnte ich mich in aller Ruhe auf die Geburt meiner Kinder vorbereiten.

In einer Vollmondnacht war es endlich so weit: ich wurde von einem Ziepen in der Bauchgegend geweckt. Obwohl ich ahnte, was los ist, schrie ich erst einmal vor Schreck. Dabei hatte ich abends schon so eine Ahnung, dass es nicht mehr lange dauern wird, weshalb ich mich zum Schlafen gleich in die Wurfkiste gelegt habe, die Bernd extra für mich und meine Kinder gebaut hat. Plötzlich zog sich mein Bauch ganz fest zusammen, und schon flutschte das erste Kätzchen heraus. Ich begann sofort, es am ganzen Körper abzulecken und die Nabelschnur durchzubeißen. Gerade als mein Mensch wohl durch meinen Schrei wachgeworden war und zu uns ins Wohnzimmer eilte, kam auch schon ein zweites Kind aus meinem Leib, mit dem ich ebenso verfuhr. Bernd hatte ein sanftes Licht angemacht, um meine Kinder bestaunen zu können. Nach einer kleinen Pause begann mein Bauch noch einmal zu ziepen, und dann kam Kätzchen Nummer drei heraus. Es sollte auch das letzte sein, so etwas spürt eine Mutter. Nachdem ich auch das dritte Kind versorgt hatte, begann schon der Ansturm auf meine Zitzen. Die Kleinen traten mich ganz fest in meinen Bauch, worauf gleich Milch einschoss. Was für ein Glück, dass ich mehr Zitzen als Kinder habe, dann ist wenigstens genug für alle da!

An Schlaf war nun nicht mehr zu denken, denn nach der Mahlzeit mussten die Katzenkinder saubergeleckt werden. Und da die Kleinen praktisch immer hungrig sind, hat eine Katzenmutter rund um die Uhr zu tun. Auch mein Mensch war nun hellwach und konnte sich gar nicht sattsehen an meinen Kindern. Ich ahnte schon, dass er am liebsten meine Kleinen in die Hand genommen und gestreichelt hätte. Aber so gern wir Katzen unsere Menschen auch haben, so vorsichtig sind wir, wenn es um unsere Kinder geht. Er würde sich noch ein bisschen gedulden müssen.

Das elfte Kapitel,
in dem Bernd Bachmeiers Haus auf dem Kopf steht

Lange konnte ich Bernd aber nicht auf die Folter spannen, denn ein paar Tage später kam Lena mit ihrer Mutter, um meine Kinder zu bewundern. Und wer bin ich, dass ich unserer lieben Lena den Wunsch abschlagen könnte, meine Kätzchen zu streicheln! Also habe ich es natürlich auch Bernd erlaubt. Nur Frau Müller kam nicht nahe an meine Wurfbox heran, sondern bewunderte meine Kinder von weitem. Das war mir ganz recht so, denn auch wenn ich Lenas Mutter inzwischen viel lieber mag als zu Beginn unserer Bekanntschaft, gehört sie nicht zu den Menschen, denen ich meine Kinder blind anvertrauen würde, solange sie noch so klein und hilflos sind. Bei Bernd und Lena ist das etwas ganz anderes.

Lena war ganz außer sich vor Entzücken, was mich natürlich veranlasste, ganz stolz zu schnurren. Aber geschnurrt habe ich vermutlich sowieso schon die ganze Zeit, denn das machen wir Katzen, ohne groß darüber nachzudenken. Wir schnurren, wenn es uns gut geht, aber auch, wenn es uns schlecht geht. Wir schnurren uns gesund, wenn wir krank sind, wir schnurren, um unsere Kleinen auf Erden willkommen zu heißen. Wir schnurren, um unsere Menschen zu trösten. Wenn ich es genau betrachte, hat unser Schnurren mindestens so viele Bedeutungen, wie eine Orgel Register hat! Ha, da soll bloß mal einer sagen, wir Katzen wären nicht seelenverwandt mit der Königin der Instrumente!

Dass Lena ein ganz außergewöhnliches Kind ist, wissen wir ja alle längst, aber die folgende Aussage hat Bernd zu wahren Begeisterungsstürmen veranlasst. Sie sagte nämlich: „Herr Bachmeier, Clarabellas Kinder sind am selben Tag geboren wie Johann Sebastian Bach! Heute ist doch der 21. März, Bachs Geburtstag!

Sie sind alle zusammen wahre Organistenkatzen." Obwohl man dem Mädchen ansah, dass sie ganz aufgeregt über diese Feststellung war, hatte sie dies alles sehr leise gesagt, um meine Kinder nicht zu erschrecken. Das kann Lena schließlich nicht wissen, dass Katzenbabys anfangs noch nichts hören.

Lena kam nun beinahe jeden Tag, aber das war mir von Anfang an klar. Als meine Kleinen die Augen öffneten, war sie ebenso zugegen wie bei ihren ersten tapsigen Schritten im Wohnzimmer. Irgendwann sprach sie mit Bernd darüber, ob er denn einmal alle Kinder behalten würde, wenn sie entwöhnt wären. Da meinte er: „Darüber habe ich neulich mit deinen Eltern gesprochen, Lena. Und sie hätten nichts dagegen, wenn du zwei von Clarabellas Kindern bei dir aufnimmst. Und eines würde dann bei Clarabella bleiben." Oh, das klang sehr gut in meinen Ohren. Denn eine Katzenmutter ist natürlich sehr froh, ihre Jungen gut untergebracht zu wissen. Und dass Lena gut für sie sorgen würde, daran bestand kein Zweifel. Der Gedanke, wie allerdings Severin mit ihnen umgehen würde, der würde mich wohl noch einige schlaflose Nächte kosten.

Als meine Kleinen endlich soweit waren, um Bernds ganzes Haus zu erkunden, kam Lena mit ihrem Bruder zu uns, damit er sie auch kennenlernen konnte. Nun, ich war überrascht, dass er sich anständig benahm und keinem meiner Kinder wehtat. Solche Behutsamkeit hätte ich ihm gar nicht zugetraut, da war ich wohl etwas voreingenommen. Bernd meinte, es wäre jetzt an der Zeit, den Kindern Namen zu geben. Da kicherte Lena und zog einen Zettel aus ihrer Tasche. „Ich habe mir schon Gedanken darüber gemacht, seit die Kleinen auf der Welt sind. Fest steht für mich, dass sie alle nach Orgelregistern benannt werden müssen wie ihre Mutter." Severin verdrehte die Augen, sagte aber nichts, da er schon ahnte, dass seine Meinung nicht gelten würde. Bernd lächelte in seiner ruhigen Art, wie immer, wenn ihm eine Idee von Lena gefiel. Zuerst mussten sie wissen,

welches Geschlecht meine Kinder haben, denn ein Name muss natürlich dazu passen. Man kann ja schlecht einem Mädchen einen Jungennamen geben oder umgekehrt. Dass ich zwei Töchtern und einem Sohn das Leben geschenkt habe, konnten sie schnell herausfinden.
Nun galt es noch, das Wesen der einzelnen Tiere zu beobachten, um dann einen passenden Namen zu finden. Und da konnten Lena und Severin ihre großartige Beobachtungsgabe unter Beweis stellen. So war es Severin gleich aufgefallen, dass mein Sohn sich manchmal aufführte, als wäre er der Chef hier! Nach dieser Aussage wusste Lena sofort den passenden Namen für ihn: „Das ist *Principal*, würde ich sagen. Er hält sich für den wichtigsten hier!" Bernd war begeistert davon, und nun wurde seine Neugier geweckt, wie denn meine beiden Mädchen wohl heißen würden. Lena hatte bald bemerkt, dass eines eine ganz besonders hohe Stimme hat. „Sie maunzt mindestens im Zweifuß, da gibt es eine große Auswahl, aber *Superoktave* oder *Waldflöte* sind keine geeigneten Namen für eine Katze. Wie wär's denn mit Doublette?" Oh ja, der Name gefiel mir außerordentlich gut für mein Jüngstes! Da musste ich sofort zustimmend schnurren, damit Lena wusste, dass ich einverstanden war. Auch Bernd war begeistert, und sogar von Severin konnte ich so etwas wie eine Zustimmung hören. Nun war nur meine Zweitgeborene noch namenlos, aber ich konnte Lena schon ansehen, wie es in ihrem Kopf arbeitete. „Ich finde, ihre Stimme hat so einen leicht schwebenden Klang, der mich an das Register *Voix céleste* erinnert. Könnten wir sie nicht einfach *Céleste* nennen?" Oh, die liebe Lena hat wunderschöne Namen für meine Kinder gefunden und sich für die Vorbereitung ganz sicher ins Studium etlicher Orgelbücher gestürzt und dabei eine ganze Menge über Register erfahren! Mein Mensch und ich waren gleichermaßen entzückt darüber.
Irgendwann ist für eine Mutter die Zeit da, wo sie ihren Kindern alles Lebensnotwendige beibringen muss. Nach ein paar Wochen

waren sie weitgehend entwöhnt und begannen, aus ihren Näpfen zu fressen. Zuerst noch recht unbeholfen und unfähig, sich hinterher richtig zu putzen; das musste ich ihnen beibringen. Wie man eine Katzentoilette benutzt und hinterher sein Geschäft vergräbt, ist auch eine Fähigkeit, die Katzenkinder lernen müssen. Doch vor allem die Jagd muss eine richtige Katze beherrschen, selbst wenn sie bei liebevollen Menschen lebt, die sie mit Futter verwöhnen. Schließlich wollen wir bei diesen Menschen die wichtige Aufgabe erfüllen, ihr Haus von Mäusen frei zu halten. Aber jede Katze sollte auch gewappnet sein, für sich selbst sorgen zu können, falls ihrem Menschen einmal etwas zustoßen sollte. So war ich in der nächsten Zeit fast rund um die Uhr damit beschäftigt, Mäuse zu fangen, sie lebend in Bernds Wohnzimmer zu bringen, damit meine Kleinen üben konnten, wie man ein Beutetier fängt und erlegt. Auch etliche Vögel waren dabei, was mir aber Bernd richtig übelnahm. „Clarabella, muss das wirklich sein, dass du die hübschen Singvögel, die uns den ganzen Frühling und Sommer lang mit ihrem Gesang erfreuen, fängst und sie dann auch noch in meinem Haus fliegen lässt, damit deine Kinder ihnen nachstellen?" Das war das erste Mal, dass Bernd richtig sauer auf mich war. Aber ich konnte ihm leider nicht erklären, dass Singvögel äußerst schmackhaft sind und ich meinen Kindern unbedingt die Jagd auf sie beibringen musste. Ein ausgewogener Speiseplan ist eben für uns Feinschmecker lebensnotwendig. Aber gut, da mein Mensch noch nie mit mir geschimpft hatte, war mir klar, dass ihm diese Sache sehr wichtig war, und ich nahm mir vor, die Vogeljagd erst zu üben, wenn meine Kinder ins Freie gehen konnten. Irgendwie konnte ich es sogar ein bisschen verstehen, dass Bernd empfindlich war, wenn ein Vogel in seiner Todesangst im Flug durchs Haus ein Häufchen auf Bernds Flügel fallenließ. Da lagen Bernds Nerven blank, und er drohte mir sogar an, dass er die Katzenklappe schließen würde und ich immer schreien müsste, wenn ich ins Haus wollte.

Katzenkinder müssen nicht nur die Jagd erlernen, um im späteren Leben zurechtzukommen. Sie müssen auch das Anschleichen, Raufereien mit Artgenossen und vieles andere erlernen. Und das tun sie am besten im gemeinsamen Spiel. Da kann schon mal ein Sofa böse Risse bekommen von den Krallen, die die Kleinen noch nicht einziehen können, oder eine Vase zu Bruch gehen. Mein Mensch hat zum Glück recht schnell gelernt, alles wegzupacken, was ihm lieb und teuer war. Doch er war auch erfinderisch, wenn es darum ging, Spielgeräte für meine Kinder aufzustellen. So holte er eines Tages einen Gegenstand, den er schon viele Jahre nicht mehr benutzt hatte, und lehnte ihn an einen Stuhl, dass meine Kinder ihn als Rutschbahn benutzen konnten. „Endlich kommt meine Gitarre wieder mal zum Einsatz, wenn auch ziemlich zweckentfremdet. Aber ich habe seit meiner Jugendzeit nicht mehr darauf gespielt, weil ich bald gemerkt habe, dass mir die Orgel viel wichtiger ist." ‚Soso, das ist also eine Gitarre!' dachte ich mir. Sie war so schön glatt poliert, dass meine Kinder wunderbar an ihr herunterrutschen konnten. Ab und zu streiften sie dabei die Saiten, sodass sehr schöne tiefe Töne zu hören waren. Auch auf Bernds altem Klavier durften die Kleinen herumlaufen und dabei lustige Musik machen. Sein schöner und kostbarer Flügel war allerdings für uns alle verboten, und wir hielten uns daran.

Als meine Kinder alt genug waren, um auch die Gefahren außerhalb einer menschlichen Behausung kennenzulernen, nahm ich sie täglich mit nach draußen. Inzwischen stand alles in schönster Blüte, und meine Kleinen ergötzten sich an jeder Blume, jeder Biene oder jedem Schmetterling. Doublette fing als erstes Beutetier eine Schnecke, brachte sie durch die Katzenklappe nach drinnen und legte sie ganz stolz vor Bernds Füße. Er musste darüber schmunzeln, lobte meine Jüngste aber und gab ihr ein paar Streicheleinheiten. In die Kirche konnte ich meinen Nachwuchs allerdings noch nicht mitnehmen, da hätte uns der

Pfarrer sofort hinausgeworfen. Denn an diesem Ort muss man sich still verhalten, also braucht man dazu auch eine gewisse Reife, die meine Kinder noch nicht hatten. Und alle auf einmal konnte ich sowieso nicht mitnehmen, da musste ich mir noch etwas einfallen lassen.

Das zwölfte Kapitel, in dem Clarabellas Kinder bereit sind für die weite Welt

Wir Katzen sind sehr liebevolle Mütter, doch wissen wir auch, wann die Zeit gekommen ist, uns von unseren Kindern zu verabschieden, um sie in die Welt hinausziehen zu lassen. Als Lenas Sommerferien begannen, war es soweit, dass meine beiden Töchter Bernds Haus verlassen sollten. Die Frage, welches meiner Kinder bei mir bleiben wird, hat sich recht schnell geklärt. Principal ist ein Katerchen, das sicher noch länger meine mütterliche Erziehung brauchen wird, deshalb kann ich ihn einfach nicht fortschicken. Er wird immer wieder über die Stränge schlagen, wenn er nicht in seine Schranken verwiesen wird. Ich zeigte dies auch Lena und Severin sehr deutlich, wenn sie darüber diskutierten, welche Kätzchen sie wohl zu sich nach Hause mitnehmen würden. Ich hielt dann Principal immer mit einer Pfote ganz fest, das verstanden die beiden sehr gut. Severin hätte zwar lieber einen Kater gehabt, weil er Angst hatte, dass die Mädchen in der Familie Müller sonst in der Überzahl wären. Doch er war dann zum Glück doch noch vernünftig und freute sich auch auf Céleste und Doublette.

Auch wenn wir Katzen sehr gefühlvolle Wesen sind, sind wir kein bisschen sentimental. Einmal den Entschluss gefasst, die Kinder fortzuschicken, wird dieser auch in die Tat umgesetzt. So ließ ich meine beiden Mädchen tagsüber immer öfter allein und nahm nur Principal mit auf meine Erkundungstouren. Vor allem der Königin wollte ich ihn so bald wie nur möglich vorstellen, denn als mein Sohn musste er beizeiten lernen, wie er sich ihr gegenüber zu verhalten hat und wie er ihr dienen kann. So machte ich ihm vor dem Betreten der Kirche klar, dass er der Königin Respekt zollen muss, wie es ihr gebührt. „Beobachte ganz aufmerksam, wie ich mich verhalte, und mache es mir einfach nach!" wies ich ihn an und konnte spüren, dass er etwas aufgeregt war. So schlichen wir durch meinen Geheimgang in die Kirche und marschierten geradewegs zur Königin. Ich verbeugte mich tief, denn es waren viele Wochen vergangen, seit ich ihr zum letzten Mal gegenübergestanden hatte.

„Majestät, verzeiht meine lange Abwesenheit, aber ich hatte eine Kinderschar zu versorgen. Ich hoffe, du warst mit meiner Vertretung vollauf zufrieden."

„Clarabella, wie schön, dich wieder hier zu sehen. Du hast mir zwar eine zuverlässige Vertretung geschickt, dennoch freue ich mich, dass ab sofort du wieder in meinen Diensten bist. Und wie ich sehe, hast du noch jemanden mitgebracht. Willst du mir den jungen Mann nicht vorstellen?"

„Verzeih mir, Majestät, dies ist mein Erstgeborener. Er hat von Lena den Namen Principal bekommen, und ich hoffe, er wird diesem Namen alle Ehre machen!"

„So so, ich bekomme nun also einen weiteren Diener!", lächelte die Königin, dann begann sie zu berichten: „In der Zeit deiner Abwesenheit war Lena unglaublich fleißig. Ich glaube, sie wird bald eine vollwertige Dienerin sein, wenn sie so weitermacht."

Ich fragte mich zwar, wann Lena Zeit hatte zu üben, wo sie doch täglich bei mir und meinen Kleinen vorbeigeschaut hat. Aber die Orgel berichtete mir, dass das Mädchen schon morgens zum Üben gekommen war, ehe sie in die Schule musste. Ich musste ihr meine Gedanken dazu mitteilen: „Wenn wir noch einen Beweis bräuchten, dass sie dich wirklich liebt, Majestät, dann wäre dieser hiermit erbracht." Ich erbat mir dann noch die Erlaubnis, Principal mit ins Gehäuse zu nehmen, damit er seinen künftigen Wirkungsbereich kennenlernen konnte.

Bald danach kamen Lena und Severin mit einem Korb zu uns, um Céleste und Doublette zu sich nach Hause zu holen. Da ich wusste, dass die beiden in ein gutes Heim zu liebevollen Menschen kommen, fiel mir der Abschied nicht schwer. Da sind wir Katzen eben ganz anders als die Menschen. Ich war nun also wieder frei, um meine wichtige Aufgabe zu erfüllen, hatte jedoch gleichzeitig auch die Verantwortung bekommen, meinem Sohn alles beizubringen, was ein künftiger Organistenkater wissen musste. Das war in der ersten Zeit recht anstrengend, aber später würde es mir das Leben erleichtern, weil ich mir meine Arbeit mit meinem Sohn teilen konnte.

Der Käpt'n hatte mich wirklich gut vertreten, das muss ich gestehen. Er taugt also nicht nur als Vater meiner Kinder was, sondern könnte jederzeit einspringen, wenn hier bei der Königin wieder einmal Not an Mann wäre. Du wirst dich vielleicht fragen, ob bei den Katzen der Vater niemals seine Kinder zu Gesicht bekommt. Nun, auch hier unterscheiden wir uns sehr von den Menschen. Wir Mütter kümmern uns lieber allein um unseren Nachwuchs, da können wir keinen Kater gebrauchen. Das ist von der Natur so eingerichtet, dass sich der Vater auch kaum für seine Kinder interessiert. Wenn ein junger Kater erwachsen ist, könnte es sogar passieren, dass sein eigener Vater ihn bekämpft. Also verzog sich der Käpt'n auf meinen Wunsch hin ganz schnell wieder in seine selbst erwählte Einsamkeit, und ich bekam ihn nur selten zu sehen. Im Sommer konnte er ja auch ganz gut für sich selber sorgen und war nicht mehr von Resten aus meinem Futternapf abhängig. Du wirst es wohl schon erraten haben: ich habe nur Principal mit in die Kirche genommen, weil ich der Meinung bin, dass ein Katzenkind völlig ausreicht, um mit mir zusammen die Königin vor unerwünschten Bewohnern zu bewahren. Für meine beiden Töchter sind ab sofort Lena und Severin verantwortlich, und es liegt allein in deren Ermessen, ob sie die Katzen hierher mitnehmen wollen oder nicht.

Da ich schon so viele Wochen nicht mehr hier in der Kirche gewesen bin, merkte ich erst, wie sehr sie mir gefehlt hatte. Der Ge-

ruch, die wohltuende Ruhe, das besondere Licht, aber vor allem die Musik, die Bernd und inzwischen auch Lena aus der Königin zauberten. Ich muss gestehen, dass die Kirche für mich längst ein zweites Zuhause geworden ist, in dem ich mich geborgen fühle. Deshalb wollte ich dies ganz schnell auch meinem Sohn vermitteln. So blieben wir jeden Tag ein bisschen länger dort, vor allem hoffte ich natürlich, Lena bald beim Üben oder beim Unterricht zuhören zu können.
Es dauerte auch nicht lange, da hatten Principal und ich Glück. Da ich von der Königin erfahren hatte, dass Lena auch in ihren Ferien immer schon früh am Morgen zum Üben herkam, machten wir uns eines Tages schon bald nach Sonnenaufgang auf den Weg. Mein bereits von Bernds gutem Futter verwöhnter Sohn beklagte sich zwar, warum er plötzlich vor dem Frühstück schon

aus dem Haus gejagt wird, aber wenn er mit seiner Mutter zusammenlebt, dann muss er sich wohl oder übel auch von ihr herumkommandieren lassen. „Du wirst es nicht bereuen, sobald wir einmal in der Kirche sind", versprach ich ihm.
Und wir hatten großes Glück, denn Lena saß schon auf der Orgelbank und hatte mit dem Üben begonnen. Ich gebot Principal, sich ganz ruhig zu verhalten, denn wir wollten unsere Freundin auf gar keinen Fall ablenken. Und was wir hier zu hören bekamen, tat mir so unglaublich gut! Musik berührt die Seelen – nicht nur die der Menschen, das darfst du mir glauben! Ich konnte meinem Sohn ansehen, dass auch er sehr berührt war, denn er schloss genüsslich die Augen und begann irgendwann zu schnurren. Leider schnurrt mein Katerchen unüberhörbar laut, es klingt fast so, als ob ein Hubschrauber über einen hinwegfliegen würde. Und so unterbrach Lena bald ihr Spiel, kam zu uns und lachte: „Principal, du schnurrst ja im Sechzehnfuß!" Nachdem sie uns beide ausgiebig gestreichelt hatte, besann sie sich aber gleich wieder aufs Üben. So konnten wir noch ganz lange ihre schöne Musik genießen.

Epilog, das ist das Ende der Geschichte

Ich kann dir nicht sagen, wie viele Jahre inzwischen vergangen sind, denn Katzenjahre sind sowieso ganz anders als Menschenjahre. Sei einfach damit zufrieden, wenn ich dir sage, dass es sehr, sehr viele Jahre waren. Ich bin nun eine ziemlich alte Katze und weiß, dass ich nicht mehr viel Zeit hier auf Erden zu verbringen habe. Alles Leben hat einmal ein Ende, und das ist auch gut so. Ich freue mich, wenn mit meinem Tod mich das nächste Abenteuer erwartet, auch wenn ich nicht weiß, wann und was das sein wird. Ich bin zufrieden, dass ich eine große Aufgabe in der Welt zu erfüllen hatte und dazu bei einem wunderbaren Menschen leben durfte. Doch wenn man so alt ist wie ich, dann freut man sich, wenn einen der Tod in seine sanften Arme nehmen wird. Ob Katzen und Menschen in denselben Himmel kommen? Ich denke nicht darüber nach und lasse mich einfach überraschen.
Da ich in letzter Zeit nicht mehr so viel draußen bin, habe ich umso mehr Zeit, über mein Leben und das meiner Menschen nachzudenken. Ich bin zu dem Schluss gekommen, dass Organisten ein ähnlich hohes geistiges Niveau haben wie wir Katzen; denn sie können genau wie wir vier Pfoten gleichzeitig koordinieren, was bei durchschnittlichen Menschen oft ein Ding der Unmöglichkeit ist. Würde man die Lebewesen auf unserem Planeten ob ihrer Intelligenz einteilen, stünde ganz oben natürlich die Katze, gleich danach der Organist, dann einige andere kluge Tiere wie Elefanten und Delphine. Danach käme wohl der nicht Orgel spielende Mensch. Merk dir das bitte und erzähle es nach meinem Tod weiter, damit so kluge Gedanken nicht mit mir einfach aus dem Bewusstsein der Menschheit verschwinden!
Nun möchtest du vielleicht noch wissen, was aus unserer Lena wohl geworden ist. Nun, das kleine Mädchen von einst ist längst

eine junge Dame und noch dazu eine sehr gute Organistin geworden, die sich gerade darauf vorbereitet, das Orgelspiel zu ihrem Beruf zu machen. Dazu muss sie in eine größere Stadt ziehen, weil sie dort studieren kann. Zum Glück kommt sie aber immer in den Ferien und manchmal am Wochenende nach Hause, wo Bernd ihr immer wieder gerne seinen Platz auf der Orgelbank überlässt. Auch Bernd ist älter geworden, obwohl ein Menschenleben viel länger dauert als das einer Katze. Sicher wird er noch ein paar Jahre der Königin dienen, bevor er sich zur Ruhe setzt. Und wer weiß, vielleicht ist dann Lena soweit, um ganz seine Nachfolge anzutreten?

Principal hat mir in letzter Zeit immer mehr meine Arbeit abgenommen, weil ich nun am liebsten daheim bleibe. Vor allem in der kalten Jahreszeit ziehe ich es vor, an meinem Lieblingsplatz beim Heizkörper zu liegen und nachzudenken. Wir Katzen sind große Philosophen, musst du wissen. Und so habe ich schon seit längerer Zeit über etwas nachgedacht, das ich vor etlichen Jahren einmal gesagt habe. Ich glaube, das war an meinem ersten Weihnachtsfest bei Bernd. Da glaubte ich, es müssten nur alle Menschen auf der Welt Orgel spielen lernen, dann wären alle glücklich und zufrieden. Inzwischen habe ich aber so viele Menschen kennengelernt und dabei festgestellt, dass jeder etwas anderes hat, das ihn glücklich macht. Severin spielt zum Beispiel sehr gerne Fußball. Auch wenn ich da nicht besonders gern zuschaue, weil mir der für Katzenverhältnisse riesengroße und gefährliche Ball Angst macht. Aber ich kann es Severin sehr wohl ansehen, dass es ihn glücklich macht. Herr und Frau Müller gehen gerne zum Wandern und sind richtig glücklich, wenn sie sich in der Natur bewegen können.

Was dich glücklich macht, weiß ich nicht. Das kannst nur du selber herausfinden. Vielleicht magst du gerne lesen? Oder Katzen streicheln? Oder ganz was anderes? Vielleicht spielst du sogar ein Instrument? Ganz egal, welches es ist: ich bin überzeugt,

die Musik kann dich richtig glücklich machen, auch wenn es oft mit Arbeit verbunden ist. Und wenn es gar die Orgel wäre, die dich fasziniert, würde mich das ganz besonders glücklich machen. Eine Sache möchte ich dir aber noch dringend ans Herz legen: Wenn du eine Orgel siehst, dann zeige ihr den gebotenen Respekt. Und wenn gar ihr Diener mit ihr zu Gange ist, halte gebührenden Abstand, klopfe ihm nicht etwa während des Spiels auf die Schulter oder ähnliche Dummheiten. In öffentlichen Verkehrsmitteln gibt es ein Schild mit dem Hinweis, man solle während der Fahrt nicht mit dem Fahrer sprechen. Ich frage mich, warum nicht an jeder Orgel ein Schild angebracht ist: „Bitte während des Orgelspiels nicht mit dem Organisten sprechen!"?
Nun ist für dich also meine Geschichte zu Ende. Aber Geschichten enden nie mit dem im Buch beschriebenen Schluss. Du hast schließlich noch deine eigene Fantasie, die dir hilft, die Geschichte so weiterzuspinnen, wie sie dir gefällt. Und während du sie weiterspinnst, bleiben wir immer verbunden, denn der Tod lässt eine gute Freundschaft nicht einfach so enden.
Viel Freude dabei wünscht dir
Deine Clarabella

Danksagung

(die leider ziemlich oft überlesen wird)

Wenn man etwas geschafft hat, bei dem man viel Hilfe bekommen hat, dann möchte man gerne danke sagen. Dieses Buch konnte nur entstehen, weil mir sehr viele liebe Menschen geholfen haben.

Den größten Dank schulde ich meiner wunderbaren Freundin Margret, die immer gesagt hat, wir müssten einmal zusammen ein Buch schreiben. Leider hat sie das nicht mehr erlebt, doch ich bin mir sicher, dass sie mir von dort aus, wo sie jetzt ist, geholfen hat, denn sie beweist mir täglich, dass eine Freundschaft über den Tod hinaus bestehen kann. So hat sie mir für dieses Buch nicht nur Mut gemacht, sondern auch einen außerordentlich guten Berater geschickt.

Da ich Lehrerin für Gitarre und Blockflöte bin, kenne ich mich mit Orgeln nicht wirklich aus. Deshalb hatte ich einen hochqualifizierten Fachberater, der mir mit viel Geduld alles erklärt hat, was ich nicht wusste. Mein sehr geschätzter Kollege an der Kreismusikschule Straubing-Bogen und Organist der Wallfahrtskirche Bogenberg, Stefan Landes, ist es auch, der meine sehr lange Zeit verschüttete Liebe zur Orgel wieder geweckt hat. Ohne ihn wäre dieses Buch überhaupt nicht möglich gewesen. Er hat mir sowohl das Innenleben seiner Orgel gezeigt und erklärt, als auch mich beim Unterricht zuschauen lassen. Er hat jedes Kapitel aufmerksam gelesen und mir sofort gesagt, wenn etwas so überhaupt nicht funktioniert. Seit ich ihn kenne, weiß ich um seine ganz große Liebe zur Orgel, und ich habe ihn immer als der Königin ergebensten Diener erlebt.

Die Figur des Bernd Bachmeier ist zwar erfunden, doch nicht nur für den Vornamen, sondern auch für seine besonnene Art und seine Liebe zur Musik stand posthum mein ehemaliger Chorlei-

tungsdozent Bernd Dietrich aus Nürnberg Pate, der verstorben ist, kurz nachdem „seine“ Kirche mitsamt „seiner“ Orgel abgebrannt ist. Auch er war ein wahrer Diener der Königin.
Des Weiteren möchte ich mich bei allen Testleserinnen und -lesern bedanken. Herzlichen Dank an die Musikschülerinnen Romy, Franziska und vor allem Melanie fürs Lesen eines unfertigen Buches und für die ehrliche Meinung, die sie mir mitgeteilt haben. Auch bei meinen erwachsenen TestleserInnen Ilse, Beatrice, Anita, Wilma und natürlich Stefan möchte ich mich ganz herzlich bedanken.
Der allergrößte Dank gebührt natürlich der wunderschönen Rieger-Orgel in der Wallfahrtskirche Bogenberg, dem „Heiligen Berge Niederbayerns“. Zum größten Teil war sie mein Vorbild für dieses Buch. Mit einer Ausnahme: sie verfügt leider über kein Clarabella-Register! Ich durfte ihr Innenleben in Augenschein nehmen, ohne dass die Königin daran Anstoß genommen hätte. Ich durfte ihre Pfeifen berühren, über die Abstrakten und die Windladen staunen und ihren treuen Diener mit tausend Fragen bestürmen.
Ergebensten Dank, Majestät!